薬なければ病なし
薬剤師・毒島花織の名推理

塔山 郁

宝島社
文庫

宝島社

第一話

用法

認知症と株券

年　月　日

1

新しい甘味処《あまみどころ》が神楽坂《かぐらざか》で営業をはじめた。

今風にアレンジしたあんみつ、みつまめ、ところてんなどを出す『狸日和《たぬきびより》』という店だ。テレビや雑誌で紹介されたこともあり、すぐに行列ができる人気店になった。

その夜、七十歳前後の二人組の女性が店を訪れた。

一人は痩せていて髪を赤く染めた女性で、もう一人は声の大きな丸顔の女性だった。席に案内されてもメニューを開くことなく、二人はそれまでしていた話の続きを声高にはじめた。糖尿病になった知り合いの噂話《うわさばなし》で、医師や家族から再三注意を受けても不摂生な生活をあらためることなく、ついには失明の危機に陥ったという話だった。

「目がかすんで、はっきり見えないようになって、ようやく自分の病気の深刻さに気がついたそうよ。もっと早くに気をつければよかったって後悔しているらしいけど、今さら言っても後の祭りって話よねえ」

「でも、あの人はお酒を飲まないんじゃなかったの？　お酒は好きじゃないって言っていたのを聞いたことがあるけれど」

「そんなのは口先だけよ。好きじゃないって言いながら、飲みはじめると止まらないんだから。それに甘い物にも目がなかったのよ。家族に止められても、隠れてこっそり食べていたらしいわよ」

「でも失明なんかしたら大変じゃない。ウチの夫も健康診断で血糖値が高いって言われているから、これからは注意しなくちゃいけないわねえ」

「そうそう。糖尿病は怖いのよ。放置したら大変なことになるわ」

「私だってリウマチの持病があるし、そんなことになったら本当に困るわ。子供たちは遠くにいるし、結局は私が世話を焼くことになるだろうし」

　髪を赤く染めた女性はため息をついてから、

「そういえばあなたも血圧の薬を飲んでいるって言ってたわよね。やっぱり食生活なんかは気をつけているの？」と丸顔の女性の顔を見た。

「お酒も塩分も控えているわよ。こう見えても自制心はある方なのよ」

「ここに来ようって言ったのはあなただけど、甘い物は平気なの？」

「それは平気よ。この前病院で検査したら、数値が平常で先生に褒められたもの」

　話が一区切りついたようで、二人はようやくメニューを開いた。

「色々あるのねえ。どれも美味《おい》しそうで決められないわ」髪を赤く染めた女性が困ったように首を横にふる。

「決めたわ。私はこれにする」丸顔の女性は『ボンタンを添えたほうじ茶のムース』

というメニューを指さした。

「あら、美味しそうね」

「最近柑橘《かんきつ》類を食べていないから、ぱっと見て、これがいいと思ったのよ」

「私はどれにしようかしら」

髪を赤く染めた女性が再びメニューに目をやった。そこに一人の女性が近づいた。

「ごめんなさい。すぐに決めるから」

ウェイトレスが来たと思ったのか、髪を赤く染めた女性が顔をあげて謝った。しかしそこにいたのは髪が長く、黒縁の眼鏡《めがね》をかけた女性だった。

「さしでがましいとは思いますが、ひとつ質問をしてもいいですか」

若い女性は丸顔の女性に声をかけた。

「えっ、私？」

丸顔の女性は驚いたように若い女性の顔を見た。

「あなた、誰なの？」

「近くの調剤薬局で薬剤師をしている者です。お二人の会話を耳にはさんで、気になったことがあるもので」

「薬剤師さんが何の用？」

「血圧の薬を飲まれているという話が聞こえましたが、薬の服用に際してグレープフルーツ等の果実やジュースを摂《と》らないように、医師や薬剤師から注意を受けていませんか」

丸顔の女性は戸惑った様子ながらも頷《うなず》いた。

「薬が効きすぎてしまうことがあるから、気をつけてくださいとは言われたわ。でもこれはグレープフルーツとは違うでしょう」

「高血圧の薬を飲んでいる時に、グレープフルーツを摂ってはいけないのは、フラノクマリンと呼ばれる成分が代謝酵素の働きを阻害するからです。その結果薬の血中濃度があがって、血圧が下がりすぎるなどの副作用が表れます。そしてフラノクマリンはボンタンにも含まれているんです」

「そうなの？」丸顔の女性は焦ったようにメニューを見返した。

「でも、たまに食べるくらいなら大丈夫なんじゃない？　今日の薬はもう飲んだし、これくらいなら問題ないと思うけど」

「フラノクマリンの効果は体内において三、四日間持続するとされています。時間をおけばいいというものではないんです」

「じゃあ、私にこれを頼むなとあなたは言いたいわけなのね」

「そうしていただくのが最善の方法かと思いますが、そこまで言うだけの権利は私にはありません。とりあえずボンタンがグレープフルーツと同じくフラノクマリンを含む食品だという事実をお伝えしたいと思い、失礼とは思いましたが声をかけさせていただきました」

ご気分を害されたら申し訳ありません、と薬剤師を名乗る女性は丁寧に頭を下げた。

「そういうことね」丸顔の女性が不服そうに言った。

「私はこれが食べたかったんだけど」

「柑橘類でも、スイーティーやボンタンなどには多く含まれていますが、ポンカンやイヨカン、温州《うんしゅう》ミカンなどには含まれていないです」

「なるほどね。ポンカンやイヨカンのスイーツがあればよかったんだけど」

「ねえ、あなた」髪を赤く染めた女性がなだめるように声をかけた。

丸顔の女性は不機嫌にそうに口を尖《とが》らせた。

「この人の言う通りにした方がいいと思うわよ。食べた後で具合が悪くなったら私だって困っちゃうわ」

「大丈夫よ。これくらいで倒れたりしないわよ」丸顔の女性は言ったが、その声には力がなかった。

「もしもってことがあるじゃないの。さっきも話をしたけど、あなたが倒れたりしたら、あなたの家族が大変な思いをすることになるのよ」

「ここまで節制してきたんじゃないの。せっかく教えてもらったのに、つまらない意地を張って、台無しにすることはないと思うのよ」

「何よ。あなたまで」丸顔の女性は頰を膨らませたが、

「わかったわよ。他のメニューに変えるわよ」と再びメニューに手を伸ばした。

「変えればいいんでしょう。変えれば」

丸顔の女性は不満そうにメニューを乱暴にめくって、

「わざわざ教えてくれてありがとう」と目も合わさずに言い捨てた。

「こちらこそいきなりお声がけして申し訳ありませんでした」

薬剤師を名乗る女性は冷静に言うと、一礼して自分の席へと戻っていった。

2

「話の途中で席を立ってすみませんでした」

毒島《ぶすじま》さんは席に戻ると、詫《わ》びの言葉を口にした。

「いいえ。私はいいですが」

原木《はらき》くるみは二人の女性がいるテーブル席にそっと視線を送りながら小声で言った。

「何よ。大袈裟ねぇ」

「向こうの方、なんだか怒っているようですよ」

「仕方ないです。話が聞こえた以上、聞き流すことはできませんから」

丸顔の女性は地声が大きいので、話の内容がこちらのテーブルにも丸聞こえだったのだ。血圧が高くて薬を飲んでいるという話が聞こえたところで、毒島さんがそちらに注意を払ったことがくるみにはわかった。その後にメニュー選びに関するやりとりが聞こえて毒島さんの眉間にしわができた。そして意を決したように席を立ったのだ。

「話をしたのは薬に関することなんですか」

毒島さんの声はくるみにはよく聞こえなかった。二人にだけ聞こえるように話していたようだ。

「そうです。持病のある方には重要な話です」

毒島さんは毅然《きぜん》とした口調で返事をした。

やっぱり真面目《まじめ》な人なんだ。

くるみはあらためて目の前の女性をまじまじと見つめた。

毒島さんは近隣のどうめき薬局という調剤薬局に勤めている薬剤師だ。

二十三歳のくるみより六つか七つほど年上で、つねに冷静沈着な態度を崩さない。

毒島さんとは水尾《みずお》爽太《そうた》を通じて知り合った。爽太はホテル・ミネルヴァのフロントの先輩で、患者としてどうめき薬局を訪れて彼女と知り合ったと聞いている。それからも何度か薬のことで相談に乗ってもらったことがあるそうで、それを聞いたくるみが相談事を持ちかけたのが毒島さんと知り会うきっかけになった。

話を聞いただけで、毒島さんはその理由を当ててみせて、それだけでも驚きだったが、その後には、くるみが陥りそうになった危機をあわやのところで救ってくれた。

それもただ救ってくれただけではなく、文字通り毒島さんは自分の体を張ってくるみを助けてくれたのだ。その時はわからなかったが、後になってその話を聞いてくるみはさらに驚いて、深く感謝した。

だからくるみにとって毒島さんは恩人と言うべき存在だ。どれだけ感謝してもし足りないが、毒島さん本人は当然のことをしただけだという態度を崩さない。

それ以来、一緒に食事をしたり、お酒を飲んだりする仲になったのだが、これまでは会う時にはいつも爽太など他に人がいた。今回のように二人で会うのははじめてだ。

爽太が一緒ならば気持ちが楽なのだが、あいにく彼は東京にいなかった。新規開業するグループホテルのヘルプ要員として軽井沢に行っている。

爽太以外にも毒島さんと親しいフロントのスタッフはいるわけで、馬場《ばば》さんという還暦間近の大先輩は、誰にも気さくで、お酒の席では場持ちがいいのがなによりなのだが、しばらく前から体調を崩して休職していた。そんな事情もあって、今回は他に誘える人がいなかったのだ。もっとも相談したい内容は極めて個人的なことなので、二人きりで会える方がありがたかった。それで狸日和に行きませんか、と毒島さんを誘ったのだ。

毒島さんは約束の時間に五分ほど遅れてやってきた。

白いステンカラーのロングコートに、茶色い革のブーツという格好の毒島さんは、すらりとした体型とも相まって、ファッションモデルとも見間違えるようだった。実際、学生時代にはミスコンに出たという話も爽太からは聞いている。もっともその話は本人が好まないとのことだった。病院経営をしている父親との軋轢《あつれき》があって、ミスコンの件もそれに関連があるためらしい。

大学卒業後に家を飛び出し、最近まで連絡をしていなかったという事情もあるそうで、そのせいか知り合った頃の毒島さんはあまり笑わなかった、という話を爽太からは聞いていた。

「今日はわざわざお呼び立てしてすみません」

くるみはあらためて言った。席について、メニューを選んで、お互いの近況報告をしようとした時に先ほどの出来事があったのだ。

「大丈夫です。このお店の評判は聞いていたので、こうして来られて嬉《うれ》しいです」

年下のくるみに丁寧な言葉を使うのは、毒島さんの性格によるものだろう。いい人だなと思う反面、距離を置かれているようで少し寂しくも思う。

「普段は混んでいて、なかなか入れないとも聞いていたので」

「私は一人でよく来るんですよ」くるみは言った。

「一人でですか」毒島さんは意外そうな顔をした。

「最近色々あって、食事が喉を通らなくて、甘い物ばかり食べているんです。ここはホテルと駅の途中にあるので、仕事帰りに毎日寄って、メニューをはしから試しているんです」

テレビや雑誌ではパフェやあんみつ、お汁粉が取り上げられていますが、有機野菜のサンドイッチや薬膳ドリンクといったメニューもありますよ、とくるみは説明した。

「なるほど。これはいいですね」

毒島さんはメニューをあらためて見ながら、納得したように頷いた。

「次に来た時はこっちを頼んでみたいと思います」

それから毒島さんも知っているフロントスタッフの近況報告をした。

馬場さんがうつ病で休職していることを毒島さんは心配していたが、メンタルクリニックにかかったことで改善したようで、年明けには復帰したいと言っていると伝えると少し安心した顔をした。

「くれぐれも無理はしないように言ってくださいね」

「わかりました」

爽太が東京にいないことを毒島さんは知っていた。どうやら二人で連絡を取り合っているようだ。爽太は毒島さんに好意を持っているが、毒島さんはそれに気づいていない。二人の仲がどうなっているのかが気にはなるが、今日のところはそれ以上に大事なことがある。

くるみは居住まいを正すように背筋を伸ばした。

「実は、今日お呼びたてしたのは相談したいことがあるからなんです」

「私にできることなら力になりますが」予想していたというように毒島さんは頷いた。

「それが、またしても祖母のことなんです」

くるみは両親と弟、そして祖母の五人で暮らしている。

数年前に祖母の様子がおかしくなって、病院で診察を受けると認知症の初期と診断された。症状の進行を抑える薬を処方されたが、保管している薬がなくなることが何度かあった。薬局での受け渡しの間違いか、祖母の飲み間違えかと思ったが、はっきりした原因はわからなかった。それでくるみが相談を持ちかけると、毒島さんは一通り話を聞いただけで、その原因を突き止めたのだ。

「薬のことで、また何かありましたか」毒島さんが心配そうな顔をする。

「それが今回は違うんです」くるみはゆっくりかぶりをふった。

「薬に関することではないですが、友達やホテルの人には話をしづらい内容なんです」

誰か相談できる人がいないかと考えた結果、唯一それができそうなのが毒島さんだったのだ。

「頼ってもらえるのは嬉しいですが、薬以外のことでどれだけお役に立てるかはわかりませんよ」毒島さんは少し困ったように首をかしげた。

「毒島さんの洞察力と直観力はすごいって、水尾さんは感心していましたよ。それに新型コロナが流行《はや》った時は、ホテルの危機を救ってくれたじゃないですか」

「あれはただの偶然です。危機を救ったとかは大袈裟です」

「そんなことないですよ。私も色々と助けてもらっていることがありますし。頼ってばかりで申し訳なく思いますけれど、他に方法が思いつかなくて、それで今回も毒島さんに話を聞いてもらいたいんです」

失礼します、と声がした。ウェイトレスが注文した品を運んできた。くるみは『粒あんとホイップクリームが添えられた抹茶ババロア』で、毒島さんは『自家製の寒天と白玉に黒蜜をかけた特製あんみつ』だ。

「彩りが綺麗《きれい》ですね。どちらも美味しそうです」毒島さんがふたつを見比べて言った。

「話は食べた後にしましょうか」

毒島さんに言ってから、くるみはスプーンに手を伸ばした。

生クリームと鶯《うぐいす》色のババロアをスプーンに載せて、こぼれないようにゆっくり顔の近くに持ち上げる。濃厚な甘さの生クリームと、ほろ苦くも仄《ほの》かに甘い抹茶の風味が混じり合い、絶妙な味わいが口の中に広がった。頬が落ちそうという表現がぴったりの美味しさだ。

顔をあげると、毒島さんも真剣な顔をしてあんみつをスプーンで口に運んでいる。一気に食べ終えるのが惜しくて、くるみは手を止めて水を口にした。毒島さんも同じように感じているらしく、顔をあげると目が合った。

それで自然と話が再開された。

「お祖母《ばあ》さまは今どんな状態でおられるのですか」

「症状が進んでしまったようで、薬を飲んでも効果が感じられません。それで病院に行くのもやめてしまいました」

「それは仕方ないですね。現時点では、認知症の有効な治療法はないに等しい状態ですから」

「認知機能の衰えはかなり進んでいるようで、家族もうろ覚えのような状態です。父や母はまだわかるようですが、私や弟には敬語を使って話します。孫という意識はなくて、お手伝いに来てくれている親切な人だと思っているようなんです」

外出もほとんどしなくなって体力も衰えた。手足から筋肉が落ちて、家の中を歩くにも、壁や家具に手をつかないと体を支えられないような状態になっている。

「普段は自分の部屋で静かに過ごしていますが、日によっては機嫌の悪い時もあるようで、急に怒り出したり、わけのわからないことを言い出すこともあります。さらにトイレの失敗が多くなって、それが頭痛の種になってます」

紙パンツを使っているが、気がつくと脱いでしまっていることもあり、後の始末が大変なのだ。

これまでは週に四日ほどデイサービスに通っていたが、最近は行くのを嫌がるようになって、一日中家にいる。食事や排泄《はいせつ》の面倒もすべて家族で見なくてはならず、介護の中心的役割を担っている母がついに音《ね》をあげたのだ。

担当のケアマネージャーに相談すると、この先はさらに認知症が進むだろうから自宅で介護を続けるのは難しいだろうと言われて、ついには老人ホームを探すことになった。

「でも、いい施設が見つからないんです。割安な特別養護老人ホームはどこもいっぱいで、入所待ちは当たり前、数年待っても空きが出ないということもあるそうです」

民間の老人ホームは玉石混交だ。施設や備品、スタッフの質がいいと思える施設は料金が割高で、安価な施設は建物が古かったり、スタッフの対応やサービスの内容に難がある。

「見学に行って、いいと思える施設もあったんですが、満室で入所待ちをしている人が十人以上いるということでした。地方に行けば空いている施設もあるそうですが、そうなると面会に行くことが難しくなるわけで、それには両親、特に父親が難色を示しました」

面会に行くのに片道二時間かかるなんてとんでもないというわけだ。施設選びの基準で父と母の意見が食い違うこともあり、お互い仕事と介護に追われて、顔を合わせた時は言い争いをするようにもなった。

「家の中が次第に殺伐とした雰囲気になってきたんです。症状が進んだとはいえ、落ち着いている時は祖母もそれがわかるようで、私と母がリビングにいる時、あんたたちお金のことで困っているならこれを使っていいよ、と郵便局の貯金通帳を渡されました」

それは昭和の頃に作った定期預金の通帳だった。利率が高かった時代のものだが、すでに全額引き出されて残高はゼロになっていた。

私が貯《た》めたへそくりだから遠慮しないで使っていいよと言われて、くるみと母親は思わず顔を見合わせて苦笑した。

「それからも未使用の切手シートだとか、記念硬貨や古銭などを持ってきては、家計の足しにしなと差し出すんですよ。いらないとも言えないので、とりあえずは受け取ってしまっておきました」くるみはスプーンを再び動かしながら言った。

ところがだ。しばらくすると、大事なものが盗まれたと祖母が血相を変えて騒ぎ出した。

「貯金通帳をはじめ、収集していた切手や古銭がなくなったというんですよ」

くるみと母親はしまっていたそれらを取り出し、祖母に返した。

「これまでにもそんなことが何度かあったんです。今回もそうなるのではないかと思っていたんですが、案の定でした」

しかし、今回に限って祖母は納得しなかった。そして母親に財産を盗まれたと騒ぎ立てたのだ。

――ここは私の家だよ。土地も建物も私の名義で、あんたたちを住まわせてやっているんだ。それなのに私の財産を盗むなんてとんでもないことだよ。もしかして、あんたたち、私を追い出して、この家と財産を乗っ取るつもりでいるんじゃないの。

それはくるみが仕事に行っている間の出来事だった。夜になって家に帰って来てくるみはその話を聞かされたのだ。それまでも何かの拍子に機嫌が悪くなることがあっても、大声で怒鳴るようなことはなかったそうで、怒鳴った内容と合わせて、母親はひどくショックを受けていた。それは認知症という病気が言わせたことで、祖母の本心ではないと思おうとしたのだが、いや、逆にそれこそが祖母の本心ではないかとも考えるようになったのだ。

「認知症が進行すると感情の起伏が激しくなって、興奮を抑えられなくなるという話はよく聞きますね。お金や財産を盗《と》られると思い込む物盗られ妄想もよくあることのようです」　毒島さんは同情するように頷いた。

「母も認知症の本を読んで知識として知っていたようです。でも当事者になって、実際にそれを言われるとひどくショックを受けるようで、それ以来、祖母と話をするのが恐くなったと言っていました」

抹茶ババロアを食べ終えたくるみはスプーンを置いた。毒島さんもあんみつを食べ終えて、ナフキンで口元をそっと拭いている。

祖父が亡くなって以来、母親は祖母と二十年以上同居を続けている。いがみあうようなこともなく、良好な関係を築けていると思っていたが、それは勘違いだったかもしれないと思い悩むようになったのだ。

しかし悩みを抱えながらも介護生活に休みはない。着替えの手伝い、食事の世話、排泄の補助と後始末、それ以外にもおかしな行動や危険なことをしないように注意を払うなど、家族が協力しているとはいえ、母親の心労は並大抵ではなかった。それでいて当の祖母は自分が怒鳴ったことも忘れて、これまで通り母親に話しかけてくる。

「それで母親が参ってしまって」

祖母が認知症だと診断を受けた直後、母親は一人で介護を引き受けて、心身ともに疲れ果ててしまった。その時は父親とくるみ、弟で役割を分担して何とか乗り切ったが、祖母の症状が進行したことで、それだけでは追いつかなくなってしまった。

「それで多少設備やサービスが悪くても、目をつぶって、祖母を受け入れてくれる介護施設を探すしかないと相談をしていたんです。そうしたら」

たまたま家にいたくるみを祖母がこっそり部屋に呼んだのだ。

そして、前に渡した通帳じゃ足りなかったかい、それならとっておきを出すから好きに使っていいよ、と古びたA４サイズの茶封筒をくるみに渡した。祖父の位牌《いはい》を収めた仏壇の抽斗《ひきだし》の奥にしまってあったものだった。

いいよ。悪いよ。くるみは返そうとした。また盗られたと騒がれても困る。しかし祖母はニコニコしながら、遠慮することはないから持って行きな、と押しつけてきた。

そしてそのまま部屋から出されてしまった。

「突き返して、それでまた機嫌を悪くされても困ると思って、とりあえず受け取って中を見てみたんです。古い書類がたくさん入っていました。どうやら祖父が亡くなって遺産を相続した時の書類のようでした。書類ばかりで貴重なものはなさそうだったんですが、見ていくと中から株券と書かれた短冊みたいな紙が出てきて」

そこには誰でも知っている有名企業の名前が記されていた。

株券って何だろう。株式ってオンラインでやり取りするものじゃないの？

不思議に思ってネットで検索してみると、昔は実際に紙でできた株式証券をやり取りしていたとわかった。どうやらこれはその時の物らしかった。

くるみは祖母の部屋に戻って、これは何？　どうしてお祖母ちゃんがこれを持っているの？　と訊《き》いた。するとお祖父《じい》ちゃんからもらったんだよ、という返事があった。ただしそれ以上は質問を重ねても、はっきりしたことはわからなかった。

「それで、父と母にそれを伝えて、茶封筒入っていた書類をくわしく見たんです。そうしたらやっぱり祖父が亡くなった時に相続したものとわかりました」

「たしかお祖父さんは、くるみさんが生まれる前に亡くなったんですよね」

毒島さんは記憶を探るように目を細めた。以前に相談を持ちかけた時のことを覚えていたようだ。

「はい。一九九〇年に亡くなっています」

三十年前だ。写真でしか知らないが、くるみは祖父にいいイメージはなかった。酒好きで、祖母に迷惑をかけたという話を聞いていたからだ。遺伝なのか、父にも酒乱の気があった。そのためくるみと弟は子供の頃に何度か嫌な思いをさせられている。

その後、親戚の助けもあって父は酒をやめたが、祖父へのイメージはそのままだ。

「でもお祖母ちゃんにしたら違うみたいです。とにかく優しい人だったって、認知症になる前にはよく言っていました。お酒のせいで肝臓を悪くして亡くなったそうで、亡くなる間際はひとり息子――私の父のことをずっと心配していたらしいです」

母親から聞いた話では、父親は酒乱に加えて、酔うと気前がよくなって散財する癖があったらしい。一緒に飲んでいる仲間のみならず、店に居合わせた初対面の人にも気前よく奢《おご》るのだ。地方公務員という身でありながら、一ヶ月の給料を一週間で使い切ってしまったこともあったそうで、当時の母はかなり苦労をしたらしい。

「祖父はそんな父を心配していたようなんです」

酒を飲むと人が変わるところは自分と同じ――おそらく血筋だと気に病んでいたらしい。

「入院した後も、自分が死んだら遺産をすべて父が飲み代に使ってしまうのではないかと心配して、それで株のことを内緒にしていたらしいです」

それは残された書類と祖母の記憶、母親が過去に断片的に祖母から聞いていた話を照らし合わせて想像したことだった。

祖父は、祖母に家と土地のすべてと現預金の半分、父には現預金の残り半分を相続させるという遺言状を書いて、それを守るように父に言い渡していたという。

すると毒島さんが首をかしげた。

「その遺言状には株式のことは書いていなかったんですか。法律的なことはよくわかりませんが、それだと後で問題になるのでは」

「父の記憶はその辺が曖昧なんです。遺言状を書いたという話を祖父から聞かされたけど、実際に現物は見なかったということですし」

「相続の手続きはどなたがされたのですか」

「祖母です。父は仕事がありましたし、夜は飲み歩いていたので、そういったことは元気だった祖母がすべてしたということです」

「じゃあ、本当に遺言状があったかどうかはわからないわけですね」

「はい。遺言状があれば従わなくてはいけないという思い込みがあるので、それを利用した嘘《うそ》だったのかもしれないと思います」

相続人は祖母と父親の二人だけで、現預金の半分をもらえるという話に、父親は満足してしまったようだった。

「祖父がそれ以外に財産を持っているはずがないと思い込んでいたせいもあるんだと思います。株式証券を見た時、まさか親父《おやじ》がそんな財産を隠し持っていたとはなあ、と本気で驚いたようでしたから」

当時は株価もさほど高くはなかったので、それで気づかなかったということもあるかもしれない。祖父の従弟が当時証券会社に勤めていたので、その人に勧められて買ったものではないかと父親は言っていた。

購入したのは上場直後で金額は四百万円ほどだった。しかしその後の会社の業績は右肩あがりで、現在では当時の五倍近い値がついていた。

「それはすごいですね」毒島さんは目をまるくした。

「株価を見た時は、思わず母と顔を見合わせました。まさかお祖母ちゃんがそんな財産を持っているなんて思いもしないことだったので」

その後で、そういえば昔はお義母《かあ》さん宛てに証券会社から郵便が来ていたわね、と母は思い出したように口にした。

お義母さん、株をやっているんですか、と母親が訊くと、お祖父ちゃんから相続したものよ、たいした金額じゃないけど、知られると色々言われるから、あの子には黙っていてね、と祖母は答えたそうだった。

父親の酒癖と散財癖に困っていた母親は、わかりました、と納得して頷いた。そして証券会社からの郵便が届くと、すぐに祖母に渡して父の目には触れないようにもしていたそうだった。しかしいつ頃からかそんな郵便は届かなくなって、いつの間にかそんな物が届いていたということさえ忘れてしまっていた。ふと思い出すことがあっても、たぶん売ってしまったんだろうな、と思っていたそうだ。

それがこんな形で思い出すことになるなんて。

まさかお義母さんがこんな大金をねえ。

母は気を呑《の》まれたような顔をして、信じられないというように呟《つぶや》いた。

3

「まさかお義母さんがこんな大金をねえ」

同じ台詞《せりふ》をもう一度呟いて、母親はため息をついた。

「びっくりだね。でもよかったじゃない。これで高くて無理だってあきらめていた老人ホームに入れることだってできるわけだし」

くるみが言うと、母は迷った顔をした。

「でも勝手に使っていいのかしら」

「勝手じゃないよ。使っていいってお祖母ちゃんが言ったんだよ」

「でもお義母さんはあんな状態だし、言葉通りに受け取っていいものかしら」

過去に集めた老人ホームのパンフレットをテーブルに並べて、母親は首をかしげる。

祖母を入れる老人ホームとして、まず候補にあげたのは特別養護老人ホームだった。原則六十五歳以上で要介護3以上であることが入居条件だが、祖母はそれを満たしている。しかし費用が割安なので人気が高く、入所するのに数年待つことも珍しくはないそうだ。調べてみても、近隣に空いている施設はない。

次に民間の介護付き有料老人ホームを探した。一般企業が運営しているので、立地や建物の設備、提供するサービスによって料金は様々だ。都市部に近い方ほど高額で、そこから遠くなるほど安価になってくる傾向があるという。

それで居住地である巣鴨《すがも》のある豊島区、近隣の北区、新宿区、さらに埼玉県にかけて、いい施設はないかと探してみた。しかし希望に合う施設は見つからなかった。入所にあたっては家賃や食費、介護保険代を含めた月額利用料が必要となる。祖母の年金を充てて、足りない分を父母の貯《たくわ》えで賄うように考えていたが、予算内で収まる施設に空きがなかったのだ。空いている施設があっても、建物や設備が古かったり、食事やサービスの内容が貧弱だったり、提供しているサービスが物足りなかった。

そういう事情で老人ホーム探しは暗礁に乗り上げていたので、祖母の申し出はまさに渡りに舟だった。株の売却益を加えれば、予算不足を理由にあきらめた施設に入居することも可能だろう。

「母さんが自分から使ってくれと言ってきたんだろう。それは自分の意思だし、母さんの生活を向上させる目的で使うんだから、問題ないに決まっている」

よし、来週から老人ホーム探しを再開しよう、と父親は上機嫌で言ったが、母親がぽつりと呟いた言葉にぎょっとした顔をした。

「でも待って。認知症のお義母さんに株の売却ができるのかしら」

認知症になったら銀行口座は凍結されるという話は聞いたことがある。調べてみると、証券口座も同様の扱いになるようだった。

「なんだよ、それは。何かいい方法はないのかよ」父親はしかめ面をした。

「銀行はどうしているんだ。母さんの年金はお前が引き出しているんだろう」

「認知症になる前、キャッシュカードの暗証番号は教えてもらっていたのよ。自分にもしものことがあったら使っていいとも言われていたので、生活費として必要な分をそこからおろすようにしているわ」

七十歳で認知症になり、何もわからなくなった知り合いがいたそうで、その話を聞いた後で家族に迷惑をかけたくないから、と母親に暗証番号を教えたそうだった。

「その時に証券の話は聞かなかったのか」父親が恨めしげな顔で言う。

「聞いてないわ。今回くるみから話を聞いて、ずっと昔に株の話を聞いたことがあったことを思い出したけど、いまだに持っているとは思いもしなかったわよ」

「そのうちに話すつもりでいたけど、その前に認知症になってしまったのかもしれないね」黙って話を聞いていた弟の健介《けんすけ》がぽつりと呟いた。

「まあ、それはいい。今は株を売る方法を調べることが優先だ。お前、法学部だろう。何かいい方法はないか調べてみろよ」父親が健介に言った。

「法学部は関係ないけど、調べてみるよ」

健介がスマートフォンを取り出した。何かを検索していたが、

「うーん、調べた限りでは難しそうだね」と首をふった。

「株を売りたければ、電話で担当者に言うか、支店の窓口に行くしかないわけだけど、今のお祖母ちゃんにそれができると思う？」

「それは無理よ。電話でまともに会話はできないわ。耳も遠いし、相手の言っていることが理解できないと思う」と母親は言った。

「じゃあ、窓口はどう？」

「普通そうに見えるけど、少し話をすれば受け答えがちぐはぐになるもの。変に思われるに決まっているわ」

「受け答え自体はできるんだろう。俺が窓口に一緒に行くのはどうだ」父親が口をはさむ。

「どうかしらね。昔のことはおぼろげに覚えていても、最近のことはすぐに忘れるのよ。自分の名前はわかるだろうけど、生年月日や住所を質問されてもわからないと思う。一緒に行ったところで怪しまれるんじゃないかしら」

「逆に電話の方がいいかもしれないな。家族が内容を言って、本人確認が必要な時だけ代わればいい。電話ならそばで誰かが教えることができる」

父親は茶封筒に入っていた担当者の名刺を取り上げた。しかしそこに記されている証券会社は現在は存在していない。吸収合併されてすでに別会社になっているのだ。

「何十年も音沙汰がなかったのに、いきなり電話をして株を売りたいって言ったら、変に思われるんじゃないかしら」

くるみが言うと、健介がスマートフォンを見ながら頷いた。

「コンプライアンスの問題もあるから、お祖母ちゃんの本人確認と意志確認はくどいほどされるだろうね。この状態のお祖母ちゃんに電話をさせても、対面させても、とてもうまくいくとは思えないよ」

母親がさらにダメ押しをする。

「証券会社の担当者とうまく話ができても、その時に株を売りたいと言うかはわからないんじゃない？　くるみには自由に使っていいと言ったようだけど、時間がたったら気が変わるかもしれないし、お祖父ちゃんからもらった株だから売る気はないと言われたら、それで話はおしまいよ」

父親は憮然《ぶぜん》として、天を仰いだ。

「どうすればいいんだよ。母さんのために使うのであっても、株には手をつけられないってことなのか」

「とりあえず方法はあるよ」スマートフォンの画面を見ながら健介が口にする。

「どんな方法だ」すかさず父親が目を向ける。

「証券会社に代理人制度っていうのがあるみたいだよ。家族が代理人になれば、株式の売却はできると書いてある」

「おお、いいじゃないか、それ」父親が身を乗り出す。

「でも契約をするには当人の承諾が必要と書いてある」

担当者と対面して話をしたうえで、自筆の署名と住所の記入をしなければいけない
そうだ。

「認知症になる前に手続きをする必要があるみたいだね」

「じゃあ、ダメだ」父親が落胆した声を出す。

「あとは成年後見制度かな。家庭裁判所に申し立てて、お祖母ちゃんの後見人を選定
してもらうんだ。でも家族がなれるとは限らない。介護する家族がいなかったり、い
ても問題がある場合は、弁護士とか司法書士が選ばれることもあるみたい」

「弁護士とか司法書士とか大袈裟だな」父が嫌な顔をする。

「でもウチは大丈夫じゃない。こうして家族で介護をしているんだし」と母が言った。

「きっとお父さんが後見人に選定されるわよ。他に方法がないならそれしかないわ。

それならお義母さんに無理をさせることもないし、そういう方法があるならそれにし
ましょうよ」

「そうだね」

「それがいいかな」

くるみと健介も同意した。しかし父親はいい顔をしなかった。

「どうしたの？」

「うーん。ちょっとな」父親は渋い顔をする。

「何よ。問題があるなら、ちゃんと言いなさいよ」

母親に言われて、父親は小さな声で、若い頃、借金を重ねて金融会社のブラックリストに名前が載ったことがあると打ち明けた。ちなみに借りた金はすべて酒と奢りに消えたそうだった。

「それって若い頃の話でしょう。時効になっているんじゃないの？」

「うーん、まあ、そうかもしれないけれど……」

父親は言葉を濁した。その反応を見る限り、そこまで昔の話でもないようだ。

「もしかして私に内緒でまた借りていたの？」母親が鋭い視線を父親に飛ばす。

「少しだよ。そこまで大きな額じゃない」父親は視線をそらして言い訳をした。

「それなら心配することもないんじゃないの。大丈夫よ。その成年後見制度を申し込みましょうよ」

「そ、そうだけど、でも、もしもってことがあるだろう。そうなったら面倒なことになると思ってさ」

父はしどろもどろになっている。母親はさらに鋭い視線を父親に飛ばす。

「いくら借りたの？　それはいつなの」

母親に問い詰められて、父親は渋々ながら告白した。驚くような額ではないが、滞納を繰り返したために、再びブラックリストに載っている可能性があるそうだ。

「それが知られたら、後見人になれない可能性があると思ってさ」

父親の言葉を受けて、健介は再びスマートフォンで何かを調べ出した。

「たしかに家族がいても弁護士や司法書士が選定されるケースがあるみたいだね。親族による財産の使い込みを防ぐためらしいけど」

そう言って健介は父親の顔をちらりと見る。

「後見人を選定するのは家庭裁判所だから、誰が選ばれるのかは蓋を開けてみなければわからないみたいだよ」

「でも弁護士や司法書士が選ばれても、ちゃんと手続きをすればお祖母ちゃんの財産を使うことができるんでしょう」くるみは言った。

「そうだけど、専門家が指定されると自由度が低くなることもあるらしいよ。本人の財産を保護することが目的なので、介護が目的であってもすべてを自由に使えるとは限らないみたいだね」

その使い方が妥当かどうかを後見人が判断するのだ。さらには利用をはじめると、本人の判断能力が回復しない限りはやめることができないというデメリットもあるという。現在の医療では認知症が治ることはほぼないので、死ぬまでその制度が継続することになるわけだ。

「他にもデメリットはあるよ。お祖母ちゃんの権利に関することは、すべて後見人に相談しないと決められないし、後見人には所定の報酬を払わなければいけない」

「お金がかかるの？」母が顔をしかめる。

「そうだよ。相手は専門家なんだから」

「それは嫌よ。そんなことで余計なお金は使いたくないわ」母が現実的な意見を口にする。

「あとは後見人が財産を横領したり、逆に財産の保護を優先するあまり、家族の使用を過剰に制限するなどの問題も最近はあるみたいだね」

健介がスマートフォンの画面をスクロールしながら、最近あった弁護士による横領のニュースの記事を読みあげる。

「弁護士が横領って、そんなことあるの？」くるみは呆《あき》れた。

「今は弁護士が余っている時代だからね。そういうことがあってもおかしくないよ」

健介が皮肉めいた声で言うと、父親がそれみたことかと声を出した。

「そうだろう？　だからそんな制度は利用しないで、自分たちの力で株を売る方法を考えようや」

「それならやっぱり証券会社の人に相談するのがいいんじゃないの？」

母親が言ったが、父親は否定した。

「それはダメだ。認知症とわかれば、すぐに口座は凍結されるだろう。そうなったら後見人制度を使うしか方法はなくなる。それは最後の手段として取っておいて、まずは自分たちでできる方法を考えよう」

「自分たちでできる方法なんて存在するの？」母が戸惑ったように言う。

「調べてみないとわからないじゃないか。そういうことには何かしらの抜け道があるものだ。職場にそういったことにくわしい人がいるから、明日仕事に行ったら訊いてみるよ。だからみんなも、知り合いにくわしい人がいないか探してくれないか。みなで情報を集めればいい方法が見つかるかもしれない。母さんのためにも力を合わせて、いい方法がないかを考えよう」

父が神妙な顔で言ったので、くるみたちは顔を見合わせて、仕方なく頷いた。

それが一週間前だった。

4

「でも、調べてもいい方法は見つからなくて」

くるみも、誰か相談できる人がいないかと考えてみた。しかしお金がからんだ内容だけに、身近な人には相談しづらかった。さらに介護という問題もからんでいる。介護をしたこともない相手に相談した結果、介護施設に入れるなんて可哀想《かわいそう》だよ、と言われたらたまらない。

そういう点で毒島さんは格好の相談相手だった。

仕事柄介護の知識もあるだろうし、可哀想とかの感情だけで物事を判断する人でもない。さらに育った環境もある。

「毒島さんのご実家は病院を経営されているんですよね。ご自宅にはマントルピースがあるという話を水尾さんから聞きました。そういう環境で生活していたなら、お金の話をしても冷静に聞いてもらえると思ったんです」

仮に逆の立場で、自分が友人から同じような相談をもちかけられたなら、さぞや答えに困るだろうと思ったのだ。そしてついでと言ってはなんだが、他にも相談したいことがあった。

「たしかにウチの親は裕福ですが、私は大学卒業後に家を出ているので」

相談相手に選んだ理由を説明すると、毒島さんは戸惑った顔をした。

「そういえば父から……はしましたが」

毒島さんが、ふと思い出したというように何かを言いかけた。しかし声が小さく、肝心な部分がよく聞こえない。

「なんですか？」

くるみは思わず訊き返したが、

「なんでもありません」毒島さんは思い直したように、首を横にふった。

「今回のこととは関係のないことでした。相談にお乗りしたい気持ちはあるのですが、株のことはよくわからないので、やはり専門の方に相談した方がいいと思います」

「そうですよね。変な話をしてすみませんでした」

毒島さんにあっさり言われて、くるみは思わず謝った。株の質問なんて、やっぱり毒島さんにすることではなかったのだ。

「でも株はともかく、お祖母さまの介護が大変なことは理解できます。薬局にいらっしゃる患者さんからもたまに相談を受けることがありますし」

お力になれなくて申し訳ありません、と毒島さんは律儀に頭を下げた。

「そんな、毒島さんが謝ることではないですよ」くるみは慌てて両手をふった。

「もともとすぐに解決するとは思っていないんです。とりあえず話ができて気持ちが楽になりました」

話ができてよかったです、聞いてくれてありがとうございます、とくるみはあらためて礼を言った。

「解決する方法はきっとあると思います。要介護3というと、日常生活で常に介護が必要な状態ですからね。家族で介護をするには限界があるので、介護施設に入るという選択をするのは間違っていないと思いますし」毒島さんははっきりと言った。

「認知症の患者さんの症状については個人差もありますし、他の病気や身体的な機能障害も関係してきます。大切な家族であっても、ずっと自宅で介護を続けることは難しいですよ」

そう言われてくるみの気持ちは軽くなった。この一週間、ずっと胸にモヤモヤとしたものを抱えていたのだ。祖母のためにしていることだと思いながらも、施設に預けようとしていることに後ろめたさを感じてしまう。それは本当に祖母のためなのか。自分たちが楽をするためだけにしていることではないのか。そんなことを常に考えてしまうのだ。

やっぱり毒島さんに言ってよかった。

そう思ったら、もうひとつの悩み事も打ち明けてみようという気になった。

「実は、もうひとつ相談があるんですが」とくるみはその話を切り出した。

「英語の勉強も兼ねてワーキングホリデーを使って海外で働きたいと考えているんです。でも、この状態で行っていいのか迷ってて」

自分がいなくなれば、当然のように母の負担が増えることになるだろう。病気の家族を放置して、自分の夢を叶《かな》えることは我儘《わがまま》だという意識がくるみにはあった。

さらに迷っているのはもうひとつ、まったく別の理由が存在した。

「交際を申し込まれている人がいるんです」

くるみは声をひそめて打ち明けた。

「ご迷惑かもしれませんが、その話も聞いてもらっていいですか」

「私なんかでいいのですか。株の話以上に恋愛相談は不得手な分野なのですが」毒島さんは目をぱちぱちさせてくるみの顔を見た。

「それがですね」くるみはさらに声をひそめて話を続けた。

「これは毒島さん以外にはとても相談しづらいことなんです」

くるみが緊張していることに気づいたのか、

「わかりました。私でよければ話をお聞きします」と毒島さんはこくりと頷いた。

「ありがとうございます。実はですね、以前毒島さんに助けてもらった事件が尾を引いていて……」

それは毒島さんと知り合って、しばらくしての頃だった。マイケルという日系アメリカ人男性と食事に行って、事件に巻き込まれたことがあったのだ。

マイケルはホテル・ミネルヴァの宿泊客だった。アニメや漫画が好きで日本に遊びに来たそうで、年齢が近いこともあって、くるみは好意をもって接していた。しかし長期滞在をした末、最後は宿泊代金を精算せずに逃げ出した。調べてみると、あちこちのホテルで同じようなことをしているようで、そういう意味では札付きだったのだが、当時のくるみはそういうことがよくわからなかった。

食事をしたのは、くるみに個人的に連絡を取ってきたからで、逃げたことは悪かった、でもお金を払う意志はあるので警察沙汰にはしないでほしい、と言ってきたのだ。

彼は日本で言うところのオタク風の穏やかな風貌をした男性だった。悪そうな人間には見えなかったこともあり、くるみは頼まれるままに、休日に会って、人気アニメの原画展に行き、夜にシティホテルのレストランで食事を摂った。日本のアニメや漫画が大好きで、ずっと日本にいたかった、でもお金が尽きて仕方なく逃げ出してしまった、お金の算段がついたらきっとホテル代は払うと熱心に言うマイケルに、くるみはまったく無警戒だった。だから洗面所に行った隙《すき》に飲み物に睡眠導入剤を混入されるとは考えもしなかった。

あの時、もしも毒島さんと爽太が偶然、自分のことを見つけて、その場で強引に止めてくれていなかったら……。

それを思うと今でも心の底からぞっとする。

さらにそのことをきっかけに、くるみの中には男性に対する不信感が植えつけられたようだった。今回交際を申し込まれたことで、くるみはあらためてそのことに気がついた。相手の男性をいい人だと思うし、好意を持ってもいるのだが、交際を受け入れることに無意識に警戒をして、抵抗感を覚えてしまうのだ。

「また騙《だま》されているのかもしれないと思う自分がいて、それではっきり返事ができないんです」

交際を申し込まれたのは二週間前だった。返事は待ってもらっているが、これ以上引き延ばすのも悪かった。

「将来海外に行きたいと思ってもいるので、このタイミングで交際をはじめることもないような気がするんですが、話をしていて面白いし、一緒に食事をしたり、遊びに行くことに抵抗はないんです」

交際を断ることで縁が切れるのは嫌だった。しかし素直に交際を受け入れる気にもなれない。それで思い悩んでいる時に祖母の株問題が起きたのだ。

「あの事件のことが今でも尾を引いているわけですか」毒島さんは眉間にしわを作って考え込んだ。

「たしかに他の人には相談しづらいことですね」

「それと、毒島さんに相談したのはもうひとつ理由がありまして」

相手の男性なんですが、とくるみは言って言葉を切った。

その先がちょっと言いづらい。すると毒島さんはぴんときたのか、

「それは私の知っている人ですか」と言った。

さすが毒島さんだ。恋愛相談は不得手と言いながらも勘がいい。

しかしそう思ったのも束の間だった。

「もしかして水尾さんですか」と毒島さんは声をひそめて訊いてきた。

「まさか！　違いますよ！」くるみは思わず大声で否定した。

「影山《かげやま》という人です。以前飲み屋で意地の悪い先輩にからまれているのを、毒島さんに助けてもらったことがあるそうです。その後に彼がアルバイトをしていた雀荘《ジャンそう》で、一緒に麻雀《マージャン》をしたという話も聞きました」

「影山さん……」毒島さんは天井を見上げて、何かを思い出している顔をした。

「言われてみれば、そんなことがありました」

毒島さんは納得がいったというように頷いた。

その顔を一瞬、ほっとしたような表情が横切ったのにくるみは気がついた。もしかして自分が爽太から交際を申し込まれたと勘違いして焦ったのか。そうだとしたら爽太にもしっかりと脈があるわけだけど。

そんなことを考えながら、くるみは影山のことを毒島さんに訊いた。

「覚えていますか」

「水尾さんと馬場さんと一緒に麻雀をした時の方ですね」

「はい。そうです。彼はそれをきっかけに水尾さんと親しくなったということで、その後で私も紹介されたんです」

その後に新型コロナの騒ぎがあって、影山は勤めていた雀荘を辞めた。

今はアルバイトを転々としているが、そうしているのには理由があった。影山は小説家を目指しているのだ。過去には新人賞の最終選考に残ったこともあるそうで、その時には編集者から直々にアドバイスも受けたという。ただし受賞の壁は厚く、いまだに悪戦苦闘の日々が続いているそうだった。

「小説以外にも漫画やアニメにも詳しくて、それで彼と親しくなったんです。考え方にも芯があって、私がメンタル系の話で安易な発言をした時には、そんなことを言ってはダメだと真剣に怒ってくれました」

以前、メンタルの問題を抱えた女性の宿泊客に振り回されたことがあった。

彼女は多重人格らしかったので、トラブルを起こす原因はもうひとりの自分にあるのではないかと笑い話のように影山に言ったことがあったのだ。

「ミステリの映画やドラマにそういうのってよくあるじゃないですか。実は犯人はもう一人の自分だったって。そうしたら彼が真剣な顔で、実際の多重人格というのはそんなに都合よく人格が入れ替わる病気じゃないし、そもそも笑い話のネタにするようなことじゃないよって言ったんです」

そう言われてくるみはなるほどと納得した。そして二度とそんなことは言わないと反省の言葉を口にした。

「彼によると、それをきっかけに私を意識するようになったということでした」

自分の言葉を真剣に捉えて考えてくれたことが嬉しくて、女性としても意識するようになったとのことだった。それで交際を申し込んでくれたらしいのだ。

「私としても、その時に彼のことを意識したところがあるんですが、先ほどお話しした理由もあって、交際をはじめるか悩んでいるところです」

「そういえば彼はお酒を飲めない体質だったのではないですか」毒島さんが思い出したように口にした。

「そうなんですよ。少量を口にしただけで動悸《どうき》がして、胸が苦しくなるそうです」

だから影山と会うのはカフェやファミレスが多かった。しかしある時、イタリアレストランに連れていかれて、かしこまった態度で交際を申し込まれたのだ。

少し前から彼の態度が変わった気がして、なんとなくだがそういうことになるかもしれないとくるみも思っていた。交際をはじめることが嫌ではなかったが、そこがお酒を出す店だったことが、逆に嫌な記憶を思い出させた。

男性と二人きりでお酒を飲むのは、あの事件以来はじめてだったのだ。信用できない相手ではないことはわかっていたが、当時のことを思い出すと、得体の知れない不安がじわじわと心の中に滲《にじ》み出してきた。そんなことがあるはずない、彼はいい人だと自分に言い聞かせても、不安は心の中でどんどんと大きくなっていき、耐え切れなくなったくるみは、答えは待ってほしいとだけ言って、食事も早々に切り上げて、一人家路についたのだ。

「連絡は取っていますが、それ以来会ってはいません。会えばイエスかノーを言わなければいけないと思うと、なんだか気持ちが重くなって――」

このままではいけないことはくるみもわかっている。

「今日の相談は、どちらかと言うと、祖母のことよりもこちらの方がメインかもしれません。交際の申し込みを受け入れるべきか断るべきか、毒島さんはどうすればいいと思いますか」

「そうですね」毒島さんは少し困った顔をして、

「影山さんとは二度しか会ったことがありませんが悪い人ではないと思います。もっともその二度とも、私にはお酒が入っていたので、絶対に大丈夫とは言い切れないことでもありますが」と言いにくそうに口にした。

「悪い人ではないことはわかるんですよ。でも色んな不安がごっちゃになって、二人きりになるのが恐いんです」

「原木さんの状況を整理すると、自分の置かれた状態やこれからのことを考慮すれば、この交際の申し込みは断るべきだと思っている。感情的には受け入れたい気持ちがあるものの、過去の嫌な経験から感じる不安も強くて、結果として今回の申し出は断るべきだという考えに傾いているということですか」

「そうですね。そういうことだと思います」

毒島さんに理路整然と言われて、くるみはどこか腑《ふ》に落ちた気持ちになった。一人で考えていると頭の中がぐちゃぐちゃになって、わけがわからなくなるが、整理をしてみれば単純なことなのだ。

もっとも、だからといってすぐに答えが出せるというものでもないけれど。

「交際を受け入れるか、断るかは原木さん自身が決めることで、私が口を出すことではないと思います。ただし、その決断を躊躇《ちゅうちょ》させている不安を和らげるためのアドバイスはできるかもしれません」

だからその話をさせていただいてもよろしいですか、と毒島さんは言った。

「はい。お願いします」くるみはすぐに頷いた。

「過去の嫌な記憶で苦しんでいるのであれば、やはりメンタル系のクリニックを受診することをお勧めします。原木さんは幸いにも直接の被害は回避できましたが、実際に被害に遭った後で、心的外傷後ストレス障害《PTSD》に苦しむ被害者の方は大勢います。今の原木さんは、信頼していた相手に裏切られたショックが、深い傷となって心に残っている状態のように思われます。その苦しみを中途半端に抑圧すると、将来もっとひどい苦しみに襲われる危険があると思います」

PTSDが悪化すると、当時のことが脳裏にフラッシュバックしたり、原因となった状況や物事を避けようとしたり、ネガティブな感情に心を支配されて楽しさや嬉しさを感じなくなり、睡眠障害や食欲不振、情緒不安定等の症状が表れることもあるそうだ。

「自分の胸の裡《うち》にしまっておくことが、さらなる苦しみを生み出すという悪循環に陥ることもあるようです。たいしたことではないと考えないで、きちんと治療をした方がいいと私は思います」

毒島さんは理路整然と話をした。その口調には思いやりと慈しみがこもっている。少し大袈裟だけど、これが毒島さんの心配の仕方なのだろうとくるみは思った。

話を聞いて気持ちが落ちついた。

「心配していただいてありがとうございます。私の場合、フラッシュバックや気分の落ち込みはないですし、眠れないことや食べられないこともありません。よく知らない男性を信用して自分が迂闊《うかつ》だったと反省する気持ちと、あらためて男性と親しくなるのが恐いことが今抱えている問題です」

未然に防げてよかったとは思うが、警察からは、自分の前に実際に被害にあった女性が複数いるという話を聞かされていた。それを思うと単純には喜べないし、自分だけ助かったことが申し訳ないような気持ちにもなってくる。

それを言うと、毒島さんは険しい顔でかぶりをふった。

「原木さんが罪悪感を覚える必要はないですよ。悪いのは加害者の男性です。被害を受けた人が迂闊だったとか、用心が足りなかったとか、落ち度を非難する声を聞くこともありますが、それは明らかに間違いです。悪いのは加害者であり、被害者が非難されたり、罪悪感を覚えるいわれは微塵《みじん》もありません」

警察関係者を除けば、毒島さんと爽太の二人だけがこの事件の顚末《てんまつ》を知っていた。二人が、自分を迂闊だと責めることはなかったが、自分が自分を責める気持ちからは逃れられない。あの日から、ずっとくるみはそんな気持ちを心の奥底に持っていたのだ。

「原木さんが悪いことはありません。だからそれを気に病むことはないですよ」

毒島さんはあらためて強い言葉で言ってくれた。

「それでも自分が許せないで、その気持ちが自分に悪影響を及ぼしていると思うなら、やはり専門の医師やカウンセラーに相談した方がいいと思いますよ」

なるほど。そういうことか。

「わかりました。今はそこまでのことはないと思いますが、今後さらに気持ちが落ち込むようになれば、専門家に相談してみたいと思います」

だけどメンタルクリニックやカウンセリングって、どうやって選べばいいのかわからない。それを言うと、

「当てはあるので、そうしたくなったら言ってください。信頼できる女性のカウンセラーを紹介します。でも初めての時はたしかに迷いますよね。私も最初はネットの口コミを必死になって読み漁《あさ》ったりしましたから」

さりげない言葉にくるみは驚いた。

「えっ、毒島さんもカウンセラーにかかったことがあるんですか？」

「私、父親との関係に問題を抱えていたんです。水尾さんは知っていますが、彼から聞いてはいませんか」

「少しだけなら聞きましたが、はっきりとは知りません」くるみは言葉を濁した。

すると毒島さんは、横暴な父親に反発して、大学卒業後に家を出た話をしてくれた。

「今にして思えば浅はかで軽はずみな行動だったと思いますが、当時は自分の人生を自分の手で切り拓《ひら》くのだと意気込んでいたんです。大学の先輩を頼って、北海道で一人暮らしをしながら薬剤師の仕事をはじめたのですが、その先輩以外には友達も知り合いもいない状態で、環境も変わった上に、はじめて仕事に就いたストレスもあって、心身ともにどんどん疲弊していったんです」

それまでは、薬剤師国家試験の合格を目指して勉強だけしていればよかったものが、仕事と身のまわりのことすべてを、一人でやらなくてはいけなくなったのだ。

「最初のうちは必死で、思い悩む暇もなかったのですが、半年一年と経《た》ってだんだんと生活が落ち着いてくると、次第に気持ちが落ち着かなくなって、自分は何をやっているのだろう、何をしたいのだろうという気持ちに襲われるようになってきたんです」

家を出たのが正解だったのかわからなくなってきたのだ。子供じみた反発心で、後先を考えずに家を飛び出したことを恥ずかしく思うようにもなってきた。と言っても、頭を下げて家に戻ろうという気持ちにはならなかった。そうすれば今後父親には逆らえなくなると思ったからだった。

「そうなれば仕事はもちろん、結婚の時期も相手も、すべて父に決めかねられないと思ったんです」

それで歯を食いしばって、その生活を続けたという。

「苦労されたんですね。さっきは家がお金持ちだからとか言ってすみませんでした」

実家が病院経営をしているから、子供の頃から何不自由のない暮らしをしていたのだろう。そう思っていたことが恥ずかしくなってくるみは思わず謝った。

「謝らないでいいです。大学を卒業するまでは、たしかにそう言われても仕方のない生活を送ってましたから」毒島さんは苦い笑みを口元に浮かべた。

そうやって頑張りすぎたせいで、毒島さんは次第にメンタルの不調をかこったそうだった。しかし当時の毒島さんにはカウンセリングを受けるという発想はなかった。自分でなんとか気持ちを奮い立たせようと、ストレス解消の方法を色々と試した。そしてその結果としてオンラインショッピングにはまった。カードの支払いがかさみ、次第にとんでもない額にもなった。それでもやめることができず、分割払いに手を出した挙句、さらに負債が膨らむことになったそうだ。

「本当の話ですか。それって本当に毒島さんが経験したことですか」くるみは思わず毒島さんの顔をまじまじと見た。

「お恥ずかしい話ですが、本当です」毒島さんは眼鏡の縁に手をやった。

「これまで誰にも言ったことはなかったのですが、原木さんがご自身のことを色々と話してくれたので、つい喋《しゃべ》ってしまいました。すみませんが、ここだけの話にしてください」

「もちろんですよ。神に誓って誰にも言いません」

毒島さんは、ふうっと息を吐いて、話を続けた。

「月々の支払いが嵩《かさ》んで、アパートの家賃が払えなくなりかけたこともありました。それでこのままではいけないと思い、なんとかネットショッピングはやめたのですが、そうなると今度は不眠と食欲不振に悩まされるようになったんです。気分の上がり下がりも自分でコントロールできなくなり、患者さんとトラブルを起こして、仕事場でも心配されるようになりました。それでようやくメンタルクリニックに行く選択をしたんです」

「そうだったんですか。それで効果はありましたか」

「その時に診ていただいた先生がとてもよい方で、通院を続けて自分の気持ちや思いを整理することができました。処方された薬も効き目があって、それでようやく生活を立て直すことができたんです」

それ以降、メンタルに大きな問題を感じることはないそうだ。

「そうですか。それは本当によかったですね」

「メンタルに限らず、身体的な不調についても早めに対処することが重要だと思います。自分の抱えている問題を過小評価せず、専門家の判断を仰ぐことは大事です」

それ以来、薬剤師の仕事をしていても、患者さんに早め早めの治療を勧めることを心掛けるようになったようだった。

「わかりました。心配していただいてありがとうございます。私も自分の心と体の調子をよく考えて、必要だと思ったならカウンセリングを受けてみようと思います」

くるみはそう答えてから、

「影山さん、書いた小説を出版社の主催する新人賞に投稿して、いま最終選考に残っているんですよ」と続けた。

「それはよかったじゃないですか」

「その結果が来月にわかるそうで、でもそれで気分が高揚したせいで私に交際を申し込んできたんじゃないかって気もしているんです」

彼に新人賞を受賞してもらいたい気持ちはもちろんあるが、一人で浮かれて突っ走られても困るのだ。

「交際をはじめることを躊躇している原因はそこにもあって、でも毒島さんと話をしたことで色々と気持ちの整理がつきました。だから余計なことは考えず、今の気持ちを素直に彼に伝えてみようと思います」

「イエスかノーか、結論が出たわけですか」

「イエスでもノーでもありません。それが今の私の気持ちです。いまの気持ちをそのまま説明して、しばらくこのままの関係を続けたいと伝えます」

無理をして交際をはじめたところで、この先どこかでほころびが出るだろう。今の関係を続けながら、答えを出すのにはもう少し時間がほしいというのが、自分の正直な気持ちだった。もっとも相手がそれで納得するかはわからない。結果が出ないのならもう会わないと言われる可能性だってあるだろう。

「それならそれで仕方ありません。自分に嘘をついてもいい結果にはならないと思うので」

今は自分のことで手一杯だ。これ以上悩み事を抱えたらパンクしてしまう。

「その気持ちを正直に伝えます」

くるみの言葉に、毒島さんは納得したように頷いた。

「そうですね。私もそれがいいと思います。影山さんとは二度しか会っていませんが、聡明《そうめい》な方だという印象があります。丁寧に自分の気持ちを説明すれば、きっとわかってもらえると思います」

話の切れ目を見計らったようにウェイトレスがまわって来た。まもなく閉店なのでラストオーダーになるという。注文はありませんと伝えようとしたが、毒島さんはメニューをぱらぱらとめくって、これを一緒に頼みませんか、と訊いてきた。

後ろの方のページにある『葛粉と生姜《しょうが》、シナモン、ナツメ入り甘酒』という薬膳ドリンクのメニューだった。

甘酒はあまり飲んだことがなかったけれど、毒島さんに勧められたら断りづらい。

「いいですよ」くるみは頷いた。

毒島さんはそれを二つ注文して、その後はとりとめのない話をした。

毒島さんは、共通の知人である薬剤師の宇月《うづき》さんが、新宿の漢方薬局で働いていることを教えてくれた。

「漢方薬局ですか。母が介護疲れに更年期障害が重なって体が大変だって言っているんですよ。漢方薬に興味があるみたいなので、今度一緒に行ってみようかな」

「更年期障害も甘く見ない方がいいですね。漢方薬もいいですが、婦人科に行ってホルモン療法を行うという方法もありますよ。私もそのあたりのことを勉強していますから、何か問題があったら、また相談してください」

「今悩んでいるのは睡眠に関することらしいです。眠りが浅くて、夜中に何度も目がさめるとか。そのたびにトイレにも行きたくなるそうで、疲れが取れないと毎日辛《つら》そうにしています」

　何かいい方法はありますか、とくるみが質問すると毒島さんは少し考える顔をした。

「睡眠導入剤を使う方法もありますが、介護をしていると使いづらいですよね。そうするとやはり漢方薬ですね。トイレに関する悩みなら牛車腎気丸《ごしゃじんきがん》、睡眠に関しては酸《さん》棗仁湯《そうにんとう》がお勧めです」

　牛車腎気丸は水分の循環をよくして、泌尿器などの下半身の衰えに効果があるそうだ。酸棗仁湯には神経を鎮めて、寝つきをよくする作用があるらしい。

「酸棗仁湯は不眠症に用いる代表的な方剤です。酸棗仁湯の主薬である酸棗仁にはおだやかな催眠を誘う鎮静作用があるとされていますから」

「牛車腎気丸と酸棗仁湯ですね」

くるみはスマートフォンにメモを取った。そこに注文した甘酒が運ばれてきた。

「それなら宇月さんのところに行った方がいいですか」

しかし知り合いがいるとはいえ、いきなり漢方薬局には行きづらい。そんなくるみの気持ちを察したのか、

「漢方薬はドラッグストアでも扱っているので、まずはそちらを使ってみたらいかがでしょうか。漢方薬局のものとは成分量に違いがありますが、とりあえず試してみる価値はあると思います」

効果がありそうだったら、あらためて漢方薬局を訪ねて、そこで自分に合った薬を処方してもらえばいいということらしい。

「前にもドラッグストアで買った薬を飲んだようですが、あまり効かなかったみたいでそれきりやめてしまったとのことでした」

くるみは甘酒の入った厚手の茶碗《ちゃわん》を持ち上げた。ふうふう息を吹きかけながら、茶碗の縁に口をつける。甘やかな麹《こうじ》の匂いが喉から鼻に抜けてきた。さらに一拍遅れて生姜のスパイシーな香りと、シナモンの爽やかな香気が鼻腔《びくう》を刺激する。一口飲んだけなのに何種類もの複雑な味わいと芳香を感じて、くるみは思わず息を吐いた。

「美味しいです」

くるみの言葉に、毒島さんはにこっと微笑《ほほえ》んで、自らも甘酒の茶碗を持ち上げた。

「お母さまは何という薬を飲んだかわかりますか」

「『ヨクネムレール』という薬です。棚にある中で、一番安い薬を買って試してみたと言ってました」

テレビCMでよく見る薬だから、という理由で選んだとのことだった。

「ヨクネムレールの主成分は、生薬の酸棗仁だったと思いますが」毒島さんは何かを考えるような顔をした。

「酸棗仁は酸棗仁湯の主成分です」

「そうなんですか。じゃあ、母には漢方薬は効かないってことですか」

「医療用医薬品とＯＴＣ薬では生薬の成分量が違ったりするので、一概にそうは言えませんが」

毒島さんはスマートフォンで何かを調べはじめた。

「ヨクネムレールという名称は商品名であって、薬品名でないことはご存知ですか」

「どういうことですか」

「生薬の成分が含まれている医薬品は『漢方ヨクネムレール』という名称で、パッケージにも生薬配合と記されています。そうではないヨクネムレールは機能性表示食品です。サプリメントですので生薬は含まれていません」

毒島さんはその二つをスマートフォンで検索して見せてくれた。漢方ヨクネムレールには第二類医薬品という表示があるが、普通のヨクネムレールには安眠サポート・サプリメント（機能性表示食品）と表示されていた。

「知りませんでした」

くるみは二つのパッケージを見比べた。

「母が飲んでいたのは、おそらく機能性表示食品の方です」

漢方という表示はなかった。値段だけ見て、どんな成分が入っているかも見ずに買ってきたのだろう。

「そうだったんですね。それなら効果を感じられないのも頷けます」

「薬だと思って購入したら、実はサプリメントや健康食品だったという話は患者さんからたまに聞くことがあります。紛らわしい名前の商品があるので、購入する際にはパッケージの注意書きをよく読むか、お店にいる薬剤師や登録販売者に確認することが大事です」

「わかりました。よく気をつけるように母には伝えます」くるみは頷いた。

毒島さんはそのあたりのことには一家言あるようで、

「でも一般の方が間違えるのも仕方がないことだと思います。ドラッグストアに行くと、棚に様々な商品が並んでいて、慣れない方や高齢者はどれが医薬品でどれがサプリメントかすぐに区別はつけられないですからね。国はセルフメディケーションの制度を推し進めたいなら、そういったことにも気を遣って、医薬品とサプリメントに似たような名前をつけることを規制するべきだと思います」と言葉を続けた。

たしかに母のような場合はその方がいいだろう。

「それからサプリメントと名のつくものが、すべて体にいいと決めつけるのも早計だとも思います。普段の食事をおろそかにしながら、サプリメントを摂ることで健康を維持するのは難しいことですよ。普段の食事に気を遣えば、ことさらそういった物に頼らなくても十分に健康は維持できます。たとえば今飲んでいるこの甘酒ですが、使用されている生姜、葛粉、シナモン、ナツメという食材は、漢方薬の葛根湯にも使われている組み合わせです」

葛根湯は、葛根、麻黄《まおう》、桂皮《けいひ》、芍薬《しゃくやく》、甘草《かんぞう》、大棗《たいそう》、生姜《しょうきょう》という七つの生薬からなる漢方薬で、体を温めて、痛みを鎮静させる効果があります、と毒島さんは言った。

「それは聞いたことがあります。風邪の引きはじめにいい漢方薬ですよね」

体を温めることで免疫効果をあげる効果があるとのことだった。

「そうですね。葛根は葛粉、桂皮はシナモン、大棗はナツメと同じ成分を含んでいますので、そこに生姜を加えたこの飲み物は、葛根湯同様に体を温める効果があると思います」

さらにベースとなっている甘酒は、ミネラルやビタミンが豊富で、疲労回復や滋養強壮に優れた〈飲む点滴〉とも呼ばれている食品とのことだった。

「クリーム等の乳製品をたっぷり使ったスイーツは私も好きですが、でも毎日摂っていると栄養が偏ります。たまにはそれらをお休みして、こういった食材を使った甘味を摂ることも体には大事なことだと思いますよ」

母親の話をしていたはずが、いつの間にか自分のことを言われていたようだ。

くるみはメニューをもう一度めくった。甘酒以外にも『黒ゴマときなこの豆乳』や『アンズ、クコの実、はちみつ入りのヨーグルトドリンク』という薬膳ドリンクがある。見栄えのする派手なスイーツばかりに目を奪われて、そちらにはまるで注意を払っていなかったことを反省した。

「次からはこちらの薬膳ドリンクも試してみます」

くるみは頷いたが、毒島さんはさらに言葉を続けた。

「それだけではダメですよ。甘い物中心の食生活を続ければ、どうしても健康面のリスクは高まります。そうならないためにも食生活の改善をすることをお勧めします」

「そうですよね。甘い物を食べても太らない体質なので、つい油断をしていました」

「脅かすような言い方をして申し訳ないですが、薬剤師という仕事柄、病気にかかって苦労している患者さんを色々と見ているので、つい心配になってしまうのです」

病気に関する知識が多方面にあるので、そういった話を聞くと色々な可能性を考えてしまうそうだった。

「わかりました。忠告していただきありがとうございます。早急に考え直したいと思います」

これまではまったく気にしていなかったのに、毒島さんに指摘されると急に焦る気持ちになってくるのが不思議だった。

「話のついでに、もうひとつ訊いてもいいですか」

くるみはさらに質問をした。

「おくすり手帳のことなんですが、紙の手帳の他にも、アプリで同じ機能を持ったものがあるじゃないですか。あれって使い勝手はどうなんですか。個人的にはアプリの方が使いやすいように思えるんですが、薬剤師さんからしたらどうなのかなと思って」

「一概にどちらがいいと言えないですね」毒島さんは顎《あご》に手を当てた。

「紙のおくすり手帳の利点は、患者さんからそっくり預かって、過去の履歴を含めて、内容を仔細《しさい》に見られることです。アプリの場合、スマートフォンの本体を預かることが難しいので、昔のことまで調べられません。アプリと連動して履歴が見られるシステムがあるといいのですが、大手のチェーン薬局以外では、そういったことはあまり進んでいないように思います」

薬の服用歴は重要な個人情報だ。アプリにすることで秘匿性を高めるのはいいが、使い勝手が悪くなるというデメリットが薬局側にはあるらしい。

「そうだったんですね。なんでこんな話をしたかと言うと、お祖母ちゃんのおくすり手帳が見つからなくて苦労したことがあったんです」

認知症を疑って病院に連れて行こうとした時のことだった。おくすり手帳がないと騒ぎ出したのだ。なくても平気よ、と説得したが、ないとダメだと言い張って、必死になって家の中を捜しまわった。しかしどこを捜しても見つからない。なだめすかして何とかあきらめさせたが、後になってアプリのおくすり手帳を使っていたことがわかったのだ。

「祖母は新しい物好きで、スマートフォンも出始めの頃から使っていたんです。でも、まさかおくすり手帳のアプリを使っているとは思わなくて」

どうやら友達に勧められて使い始めたようだった。しかし自分でそれを忘れてしまって、必死になって紙のおくすり手帳を捜し回ったということらしい。

「高齢者の場合、やっぱり紙のおくすり手帳の方が使いやすくて安心ですよね」

「それはケースバイケースですね。たとえば小さいお子様のいる保護者の場合、自分の分を含めて、子供のおくすり手帳を複数持ち歩かなければいけないのは面倒です。アプリならスマートフォン一台で全員の分の管理ができます。あるいは災害があった時も同様です。おくすり手帳を持ち出す余裕がなくても、スマートフォンなら持ち出しやすいという利点があります」

「なるほど。色んなケースがあるということですね」

くるみは感心したが、毒島さんから返事はなかった。

顔をあげると、毒島さんが眉間にしわを寄せて考え込んでいる。

「どうかしましたか」

「ひとつ訊いてもいいですか」毒島さんは言った。

「何ですか」

「お祖母さまのスマートフォンですが、認知症になった後、ご家族が中を確認しましたか」

「はい。しました。有料の契約がないかを確認するために」

「すべてのアプリの確認はされましたか」

「そこまではしていませんね。クレジットカードの記録を見ても、特に不明な引き落としはなかったので、ざっと見てから、通信会社《キャリア》との契約を解消して終わりです」

「端末はどうされました。解約後に捨てたり、売ったりしましたか」

「してないです。画像などのデータが残っていたので、母がどこかにしまったと思います」

「そうですか」毒島さんは少し迷った顔をした。

「それなら可能性があるかもしれません」

「可能性ですか？」

くるみには意味がわからない。

「お祖母さまの所有している株のことですが」と毒島さんは再びその話題を持ち出した。

「私事ですが、実は私も証券口座を持っています。生前贈与で父から譲り受けました」

「はあ、生前贈与」

やっぱり実家がお金持ちの人は違うな、とくるみは思った。

しかし毒島さんがそんなことを言い出すからには何か意味があるはずだ。それで余計なことは言わずに、黙って耳を傾けた。

「生前贈与を受けたのは大学在学中のことでした。その後に父との確執があって、家を飛び出したので、その口座に手をつける気にはなれず、そのままずっと放置していたんです。それでも証券会社の担当者からは、株の購入を勧める連絡が頻繁に携帯電話にありました。向こうは事情を知らないので仕方ない。そう思っていたのですが、さきほどお話ししたようにメンタルの問題を抱えるようになって、ついには我慢できなくなり、ある日、電話の相手に怒鳴ったんです」

株の売買を行う気はないからもう連絡しないでください、と言ったそうだ。

買い物依存になりかけていた時のことらしい。株を売れば好きなだけ買い物ができたろうにと思ったが、それをしなかったのはさすが毒島さんと言うべきか。真面目な性格は筋金入りなのだ。

「そうしたら相手は、それなら口座の種別を変更してはどうかと勧めてくれたんです。父に言われて作った口座は、担当者がついて売買のタイミングをアドバイスしてくれるものでした。お世話になっている毒島院長のお嬢さまということで、相手もかなり熱を入れて私に連絡を取ってくれていたようなのです」

オンライン専用の口座に変更すれば電話連絡はしない。代わりにスマートフォンのアプリを使って、株の売買を含めた資産管理をすべて行えると説明されたそうだった。郵送していた書面もすべてオンライン通知に切り替わるので、郵便物も届かなくなるという説明もされた。

「郵便物はすべて実家に届いていたようで関係なかったのですが、担当者からの電話連絡がなくなるのは喜ばしいことでした。それですぐにその契約に切り替えました」

それ以来、連絡はなくなって、今では自分が証券口座を持っていることさえも忘れているような状態だと毒島さんは言った。

「それで、ここからが本題です。先ほどお祖母さまが新しい物好きで、出始めの頃からスマートフォンを使っていたという話をされましたが、それ以前はパソコンなどを使っていたことはありませんか」

「あります。ノートパソコンは何台も買い替えて、インターネットやメールもお手のものでした」

「昔は証券会社からの郵便物がお祖母さまに届いていたけれど、いつの間にか見なくなったという話がありましたよね。お祖母さまはお父さまに株のことを内緒にしていた。そこから考えるに、お祖母さまはどこかのタイミングで証券口座をオンライン契約に変更していたのではないでしょうか」

なるほど。株の所持を父に内緒にするために、祖母がそうしたことは十分にありそうだった。

待てよ。ということは。

「それがオンライン契約だったら、スマートフォンを使って株の売買ができるということですか」

くるみは興奮して言ったが、毒島さんは釘《くぎ》を刺すように固い声で言った。

「おそらくは可能だと思います。でも落ち着いてください。銀行口座と同じく、証券口座における取引や出入金も原則として本人がするべきものだと思います。家族とはいえ、本人以外が端末の操作を行うことは禁止されているのではないでしょうか」

言われてみればたしかにそうだ。

「そうか。そうですよね」

くるみは気持ちを落ち着けようと、甘酒を一口飲んで、大きく息を吐き出した。

「昔のことを思い出して、こういう話をしましたが、お金に関わることは、やはり法令に則《のっと》った方法で取り扱うべきと思います。気がついたことを黙っているのも気が引けるので、一応お話ししましたが、あくまでもひとつの方法と考えて、あらためてどうするかをご家族で話し合うのが最善の方法だと思います」

焦らないで冷静になってどうするかを決めてください、と毒島さんは言った。

そうだ。これはあくまでも祖母の財産なのだった。祖母のために使うとはいえ、家族だけが決めれば独善的になるかもしれない。やはり第三者の冷静な判断を仰ぐべきなのかもしれないな、とくるみは思った。

「わかりました。家に帰って祖母のスマートフォンを調べたうえで、家族としてどうすればいいかを相談してみます」

くるみが頭を下げた時、さきほど毒島さんが話しかけた丸顔の女性が席を立って近づいてきた。

「ねえ、あなた」

その女性は恥ずかしそうに言った。

「さっきはごめんなさいね。いきなり声をかけられて驚いたけど、でもスマホで調べたらあなたの言っていたことが正しいとわかったわ。見も知らない相手なのにわざわざ教えてくれてありがとう」丸顔の女性は恥ずかしそうに頭を下げた。

「とんでもありません。こちらこそ失礼いたしました。これからもお体を大事にしてください」

毒島さんは立ちあがって、律儀に頭を下げ返した。

5

帰宅するや、くるみは母親に事情を話した。

スマートフォンは祖母の部屋の箪笥《たんす》にしまってあるそうだ。寝ている祖母を起こさないように母親がそっとそれを持ち出した。

リビングに移動してから、ケーブルを繋《つな》いで電源をオンにした。スマートフォンが起動するのを待ちかねて、アイコンひとつひとつ確かめる。すると確かに証券会社のアプリが入っていた。前に見た時は気にしなかったか、あるいは重要なものとは思わずに開くこともなかったのだろう。

Ｗｉ-Ｆｉを使ってインターネットに接続する。パスワードは使いまわしのはずだからと、母親がノートに書き留めていたものを入力した。すると祖母の証券口座に接続できた。

株の評価額面は思った通りの数字だった。これを売却すれば、よりよい介護施設に祖母を入れることができるだろう。

しかしそれをするのが本当に正しいことなのか。

くるみは毒島さんと話した内容を母に伝えて、父親と健介の帰りを待って家族会議を開くことにした。

父親はその話を聞いて、当然のようにスマートフォンで株を売却することに賛成した。余計な手間をかけないで済むからだ。しかし健介は賛成しなかった。

「それってお祖母ちゃんの財産だよね。家族とはいえ、本人の了承なく勝手に使っていいのかな」

「了承はあっただろう。自由に使っていいと母さんがくるみに渡したものなんだ」

「お祖母ちゃんは認知症を患っているからね。意思能力がないので、そんな口約束は無効とされると思うけど」

「家族間のことなんだ。意思能力なんて大袈裟なことを言うことはないだろう」

言い争いがはじまりそうだったので、くるみは慌てて割り込んだ。

「ちょっと待って。問題はそれだけじゃなくて、証券会社の規約にも関係しているんだよ」

オンライン取引であっても口座名義人自身が自分で端末操作を行わなければならないという一文が規約にはあるのだ。それに従えば、家族であっても本人以外がスマートフォンを操作するのは規約違反になる。

「そんなのは黙っていればわからないだろう」父親が乱暴な意見を口にする。

「それに銀行だって、お前がキャッシュカードを使って年金をおろしているんだろう? これと同じことと言えないか」

父親が母親を見て言った。

「でも、あれはお義母さんが認知症になる前に自分から言い出したことだから」母が答えた。

「今回だって、これを使っていいとくるみに渡したわけだろう。家族のことだし、契約とかは関係ない。そもそもこれは母さんをいい施設に入れるためにすることだ。この方法がダメなら、成年後見制度を使うしかないが、そうしたら母さんを家で介護する時期が延びることになる。お前たちはそんな状況をよしとするわけか」

「いや、そうではないけどさ」

「結果としてはそういうわけになるんだよ。私利私欲のために母さんの財産を使うってことなら非難されてしかるべきだが、我々のしようとしていることは違うから、倫理的にも問題はないと俺は思うんだ」父は唾を飛ばして、健介に言い募る。

「だから倫理的に問題がなくても、証券会社の規約に反しているんだよ」

くるみが反論したが、父親は、いやいや、と大仰に首をふった。

「それを言えば銀行口座だってそうだと思うぞ。本人以外がキャッシュカードを使って現金を引き出すことはおそらく認めていないだろう。でも実際には家族が代わって現金を引き出している。年金を下ろすのはよくて、株を売るのはダメだというのはおかしな話だと思わないか」

そう言われたらたしかにそうだが、金額の桁があまりに違いすぎるという問題もあるだろう。

「証券会社の規約には、家族であっても口座名義人以外が取引を行っている場合は取引を制限する可能性があるって書いてあるよ」

くるみがさらに言うと、父親はしばらく考えてから、じゃあ、こうしよう、と手を打った。

「母さんが自分でスマートフォンを操作すればいいわけだ。自分で操作して株を売却すれば規約にも反したことにはならないからな」

今の祖母は自分でスマートフォンの操作はできない。どうしてもさせたいなら、横に誰かがいて、まずここを押して、次はこっちと指示を出すことになる。

「そんな悪徳業者のようなやり方は嫌だわ」母親が顔をしかめる。

「家族のためだ。それくらいのことは気にするなよ」

しかし母親は強く首を横にふった。

「ダメよ。そんなことをするくらいなら施設に入れなくてもいいわ。私が家でずっと面倒を見るから、お義母さんの財産には勝手に手をつけないで」

きっぱりしたその言い方に、父親は慌てた。

「いや、それはさすがに無理ってものだろう。この先、認知症は進行するだろうし、体だって動かなくなっていく。自宅での介護はどんどん大変になっていくんだぞ。体の動く、今のうちに施設に入れた方が絶対にいいって」

「施設に入れることに異論はないわ。でもお義母さんの財産を取り上げるような真似《まね》をして、それをするのは嫌だっていうことよ」

「お金を取り上げるって言い方はないだろう。そもそも母さんが自分でそれを出してきたわけだ。介護をしているお前の負担を考えても、早くそうした方がいいと思ってのことなんだよ」

「だから私のためにするなら、しなくてもいいと言っているの」

言い訳めいた言葉を重ねる父親に、母親はすっぱりと言い切った。

「いや、でも、それは……」父親は口をパクパクさせて、目を泳がせる。

「くるみが聞いてきたのはあくまでひとつの方法であって、それをするのが妥当かどうかは別の問題ということよ。介護施設に入れるという行為に後ろめたさがつきまとうんだから、そこに至る手続きについては、私はしっかり公正にやりたいの」

「しかし他に方法はないんだぞ」父親は顔を歪《ゆが》ませる。

「成年後見制度があるじゃない」

「いや、それはデメリットが多いって結論になったじゃないか」

「そんなことないわ。成年後見制度を使っても、今の状況より悪くなることはないんだから。お義母さんをよりよい介護施設に入れることが、今の私たちにできる最大の親孝行だと思うのよ。成年後見制度を使えばそれができるんだから、それを使えばいいってことじゃない。あなただって、それが最後の手段って前に言ったでしょう」

「そうだけど、でも家族が選ばれると限らないし、その時には財産の使い方も制限されるんだぞ。一度決めたら取消しができないそうだし、そんなことになってもいいのかよ」

「それでも今の状態よりはいいと言っているの」

「……」

「公明正大にお祖母ちゃんの財産を利用できる制度があるなら、それを使えばいいって話じゃない。お義母さんがそう言ってくれたからって、無理矢理スマートフォンを使わせて株を売るようなやり方、私は嫌だわ」

「いや、無理矢理ってほどのことでもないと思うけど」

父親はなおもぶつぶつ言ったが、その言葉に力はなかった。家族のためという理由を盾にしたのだから、実際に介護を担っている母親からダメ出しされれば、それ以上の主張ができないのだった。

「じゃあ、成年後見制度を使うってことでいいの？」くるみは母に確認した。

「きちんとお祖母ちゃんの財産を使うためにはそれが一番ね。でも今はまだ使わなくてもいいわ」

「使わないって、じゃあ、どうするの」

「このままでいいわ。もう少し頑張ってみる」

それを聞いてくるみは驚くと同時に心配にもなった。母親がさらに自分一人で抱えて、無理をしようとしているのではないかと思ったのだ。

「お祖母ちゃんの症状は、進行することがあっても、これ以上はよくはならないんだよ。足腰がダメになってから入所を考えるより、体が動くうちに入れてあげた方が本人のためにもいいってケアマネさんも言ってたじゃない」

「それはわかっているわよ。でも今回のことで、少し気持ちに余裕ができたのよ。自宅で介護するしか方法がないと思っていた時は、辛くて、苦しくて、この先どうなるんだろうって不安しかなかった。でもお祖母ちゃんが自分の財産を持っていて、それを使えば施設に入所することができるってわかったら、少しだけほっとした気持ちになったのよ。逃げ道があるとわかったら、私はまだ介護をやり切っていないって気になってきたの。だからもうちょっとだけ頑張ってみることにする」

母親はどこかさっぱりした顔をして、胸の裡を打ち明けた。

「本当に大丈夫？　私たちが言い争いをするのが嫌でそう言っているんじゃないの？」

「そうじゃないから安心していいわ。限界と思ったらすぐに言うようにする。それが一週間後か、一ヶ月後か、一年後かはわからないけど、でもこれ以上自分を犠牲にすることはしないから安心してちょうだい」

ここで私が倒れたら家族がバラバラになっちゃうしね、と母親は言い添えた。

落ち着いた口ぶりから、一時の感情ではなく、よく考えた末の結論だということが察せられた。くるみは健介と顔を見合わせた。健介はその決断を受け入れたようだが、父親はまだ納得できないようだった。

「そうは言っても、やっぱり心配だよ。株を売れば、料金が高くてあきらめた施設に入所させることだってできるんだ。このまま待っても、また満室になるかもしれないし、思い切って決断するのも大事なことだと思うけどな」

未練がましく母親に言い募る。しかし母親はきっと父親をにらんで、

「それは本当に私のことを心配しての意見なの？　株を売った後でおこぼれをもらお

うって皮算用をしての意見じゃないの？　成年後見制度を使ったらそれができなくなると思っているってことはないのかしら」

「ば、馬鹿だな。金目当てじゃないぞ。お前のことはもちろん、この先の家族の幸せを思っての考えだ」

父親の声は上ずっていた。それがすべての目的ではないにしても、少しはそんな気持ちもあったのだろう。

「思ったんだけど、父さんに不安があるなら、母さんを後見人に選ぶように申し立てればいいんじゃないのかな。母さんには問題がないわけだし、父さんよりは選ばれる可能性が高くなるような気もするけれど」

健介の言葉に、そうだよ、とくるみも手を打った。

「そうだよ。そうすればいいんだよ。母さんならきっと問題ないよ」

でも家庭裁判所が決めるんだからわからないわよ、母さんなら絶対に大丈夫だって、とくるみと母親が言い合っていると、

「わかったよ。もういい。好きにしろ。俺は風呂に入るから」と父親は席を立って行ってしまった。

それでくるみはあらためて母親の顔を見た。

「でも先延ばしにして本当に大丈夫？　この先もこの生活が続くんだよ」

「私は大丈夫よ。逃げ道があるとわかったら、力が湧いてきて、もう少し頑張ろうと思ったのよ。だからもうちょっと頑張ってみるわ」

そこでくるみと健介の顔を順に見て、

「あなたたちにはまだ迷惑をかけるけど、もう少し協力してくれる？」と問いかけた。

「私は平気よ」くるみは答えた。

「俺もいいよ」健介も同意した。

「じゃあ、お願いね。そういうことでこのスマートフォンはしまっておくわ。それからこの際だから言っておくけど、あなたたちは必要以上に家のことを気にしないでいいのよ。義母さんの介護は私と父さんの問題だから、最終的には私たちで決めることにする。だからあんたたちは自分の道を行きなさい。介護があるからって、自分のやりたいことをあきらめる必要はないの。自分の人生は自分のものなんだから、好きなように生きなさい」

そう言って母親は満足そうに微笑んだ。

第二話

用法

眠れない男

年　月　日

その日、星野《ほしの》栄一郎《えいいちろう》は三十数年ぶりに医療施設を訪れた。不眠症に悩まされているためだ。

ここ一ヶ月ほど寝つけない日が続いている。布団の中で悶々《もんもん》としながら、気がつくと朝になっている。熟睡できないせいか、昼間もぼうっとして何をするにも集中できない。それで重い腰をあげたのだ。

しかし、どこの医療機関に行くかでまた悩んだ。近隣の病院やクリニックを調べてもぴんとこない。そんな時に昔の同僚が通っていたクリニックを思い出した。いい先生だと褒めていたはずだ。調べてみると、まだ同じ場所で診察を続けているようだった。

栄一郎は予約を取ると、電車で一時間かけて、その神楽坂のクリニックを訪れた。話に聞いた通り、院長は親切で腕がよさそうだった。栄一郎は若い頃、仕事で関わった医師にいじめられた経験を持っていた。それが原因で医師が苦手になって、医療施設を避けるようになっていた。医師の前に出ると必要以上に緊張するのだ。この歳《とし》になってもその癖は直っていないようで、診察の間、栄一郎はずっと下を向いていた。

診察室を出ると体中からどっと汗が噴き出した。色々話をしたはずだったが、睡眠導入剤を出しましょう、と言われたこと以外はよく覚えていなかった。

もっとも薬をもらうことが目的なので、うまく話ができなかったことをさほど気には留めなかった。しかし栄一郎の希望に反して、そのクリニックで薬をもらうことは出来なかった。

処方箋を持って調剤薬局に行ってくださいと、受付の女性に言われたのだ。

「なんで、そんな二度手間をしないといけないんだ。昔は診察の後ですぐに薬をもらえたぞ」

英一郎は文句を言ったが、女性は怪訝《けげん》な顔をするだけだった。

「そう言われましても、今はそういう仕組みになっています」

納得できない栄一郎がさらに文句を言おうとすると、待合室にいた老婦人に声をかけられた。

「昔と違って、今は外でお薬をもらう仕組みになっているんですよ。医薬分業というそうですよ」

医薬分業という意味がよくわからなかったが、質問するのも恥ずかしかったので、

「ああ、そうですか」とそっけなく答えて処方箋を受け取った。

「それでどこの薬局に行けばいいんだね」

恥ずかしさを隠すため、栄一郎はわざと居丈高に質問した。

「近隣の薬局の地図はこちらです。どこがいいとはこちらからは言えません」

「おいおい、パチンコ屋に景品交換所の場所を訊いているわけじゃないんだぞ」

冗談めかして皮肉を言ったが、受付の女性はきょとんとしているだけだった。どうやらパチンコ屋に行ったことはないらしい。

「前の道を左に行くとどうめき薬局という調剤薬局があります。小さい薬局だけど、薬剤師さんが親切でお奨《すす》めですよ」

さきほどの老婦人がまた教えてくれた。その穏やかで丁寧な口調に、栄一郎も冷静になってきた。考えてみれば医療施設に来るのは久しぶりなのだ。仕組みが変わっていても当然だ。

「いや、失礼。医者にかかるのが久しぶりなもので戸惑いました。親切に教えていただきありがとう。そちらのお嬢さんもきつい言い方をして悪かった」

老婦人と受付の女性に詫びを言って、栄一郎はクリニックを出た。

どうめき薬局の場所はすぐにわかったが、思った以上に混んでいる。クリニックは予約したのでそれほど待つことはなかったが、調剤薬局ではそうはいかないようだった。

受付に処方箋を出すと、保険証の提示を求められ、さらにアンケートを書かされた。薬をもらうのに、どうしてこんな手間がかかるのか。またも栄一郎は苛立《いらだ》ったが、クリニックの一件があるので文句を言うことは自制した。

十五分ほど待って番号が呼ばれた。カウンターには黒縁の眼鏡をかけて、髪をまとめた女性薬剤師が立っている。薬剤師は袋から薬を出して、効果と飲み方を説明してくれた。

しかし栄一郎は聞いていなかった。薬の飲み方なんてどれも一緒だと思ったせいだった。それよりも薬剤師が胸につけた名札が気になった。

毒島と書いてある。

薬剤師なのに毒島だって？

待たされて苛々していたせいか、

「あんた、毒島というのか。薬剤師なのに皮肉だな」という言葉が口をついた。

「私の故郷では特に珍しい苗字でもないですよ」

薬剤師は動じることなく言葉を返した。その台詞に逆に興味を惹《ひ》かれた。

「ほう。故郷はどこだい」

薬剤師はある地名を口にした。その地名には聞き覚えがあった。

「そうか。あのあたりの出身か」

栄一郎が呟くと、逆に薬剤師が意外そうな顔をした。

「ご存知ですか」

「昔。仕事で行ったことがある」

英一郎の頭の中に当時の記憶が蘇《よみがえ》る。

「近くの山にトリカブトの群生地があるんだよ。知る人ぞ知るという場所だったから、あんたは知らないかもしれないが」

「トリカブトですか。知りませんでした。よくご存知ですね」薬剤師は驚いた顔をした。

「仕事で行った時に街道沿いのパチンコ屋の駐車場に車を停《と》めて、森の中を歩きまわったからな。と言っても無断駐車じゃないぞ。帰りがけにはちゃんとパチンコも打ってきた。近くには行列ができるラーメン屋があったはずだが、今はどうなっているのかな」

　薬をもらったらすぐ帰ろうと思っていたものが、懐かしさから思い出話が口をつく。

「そのパチンコ屋とラーメン屋はどのあたりにあるんですか」

「場所はたしか……」

　英一郎は備えつけのメモに地図を書いて説明した。

　ぱちんこ屋、ラーメン屋、トリカブトの群生地とそれぞれの位置関係を大まかに書き込んで薬剤師に見せる。

「ああ、どのあたりかわかりました」薬剤師はその地図を見て頷いた。

「お正月に帰った時はどちらの店もまだありましたよ」

「そうか。懐かしいな。もう二十年も前のことなんだが」

英一郎が呟くと、

「ちなみにですが、毒島の毒はトリカブトのことを指しているんですよ」と今度は薬剤師が話をはじめた。

「トリカブトは毒のある植物ですが、昔から薬としても重宝されていたんです。漢方ではトリカブトを煎じて使います。興味深いのはその呼び方で、同じ漢字を使うのに、薬として使うときは附子《ぶし》、毒として使うときは附子《ぶす》と読ませます。毒島の毒はそのぶすが転用されたという説もあるようです」

栄一郎が書いたメモの余白に漢字を書いて説明してくれた。

「へえ、なるほどな」栄一郎はあらためてその薬剤師を見た。

「しかし、あんたも勇気があるな。毒島という苗字で薬剤師を目指すとは。こうやって意地悪な患者から苗字をからかわれるとは考えなかったのかね」

冷静な態度を崩さない薬剤師が癪《しゃく》にさわって、栄一郎はわざと意地悪な質問を口にした。少しは嫌な顔をしてくれれば気も晴れると思ったのだ。しかしそれでも薬剤師は動じなかった。

「世の中にはそういうことはままありますよ。藪《やぶ》というお医者さんもいますし、星野という苗字の警察官もいます」

冷静に返されて、栄一郎は言葉につまった。隠語の犯人《ホシ》と星野をかけたのか。

頭に血がのぼって、栄一郎は昔の感覚を思い出した。そして薬剤師の顔を思い切りねめつけた。

「あんた、私が警察官、いや元警察官だって、どうしてわかったんだ」

英一郎ににらみつけられて、薬剤師もさすがに強張《こわば》った顔をした。それに気づいた栄一郎は、しまった、やりすぎた、と冷静になった。

栄一郎は慌てて表情を緩めて、作り笑いを浮かべた。

「いや、責めているわけじゃないんだ。どうしてわかったのか知りたいだけだ。もしかして自分でも気がつかないうちに、それとわかるようなことを言ったかな」

英一郎は警視庁の捜査一課に籍を置いたことがある元刑事だった。しかし退職後に知り合った人間にそれを明かしたことはない。それなのに、この薬剤師は自分を元警察官だと看破した。どうしてそれがわかったのか、栄一郎はそれが気になったのだ。

「この地図です」薬剤師は英一郎の手書きの地図を指さした。

「ぱちんこ屋と書いてあります。一般的にはカタカナでパチンコと書きますが、法律の表記はぱちんこだそうで、警察の方は普段からひらがなで書くように心がけているという話を聞いたことがあったんです」

「たしかにそうだが、しかしそんな話をよく知っているな」

栄一郎が感心すると、あそこの先生の処方箋を持ってこられましたので、と薬剤師はもうひとつの理由を教えてくれた。

「あの先生は、昔この近くにあった警察病院に勤務していたと聞いています。警察病院が移転するのに際して、退職されて、今の場所にクリニックを開業されたとか。その関係で、いまだに遠くから通ってくる警察OBの方が多いんです。その患者さんの中に話好きな方がいて、ぱちんこの話もその方から聞きました。お話を聞いているうちに星野様もそのような方かと思い、つい余計なことを言ってしまいました」

個人情報に関わることをみだりに口にして申し訳ありませんでした、と薬剤師は恐縮したように頭を下げた。どうやら個人情報に関することを口にしたことを責められていると思ったようだ。

「いやいや、謝ることはないよ。個人情報なんて大層なものじゃない。ズバリ言い当てられて驚いただけだ。だけど警察病院が飯田橋《いいだばし》から移転したのは、もうずいぶん前のことだと思うが、あんたはここに勤めて長いのかね」

「まだ一年ちょっとです。警察病院に関係する話は社長から聞きました。地域に根ざした薬局を目指すためだと、昔の話を色々と教えてもらっているんです」

「なるほど。それはいい社長さんだ。故《ふる》きを温《たず》ねて新しきを知る。どんな仕事でも、その精神を持つのは大事なことだよ。私も若い頃に先輩から昔の事件の話を散々聞かされた。その精神が参考になって解決に導けた事件だってあるぞ。さっき話したあんたの故郷の話、あれだってトリカブトを使った殺人事件の捜査に関係したことなんだ」

薬をもらったらすぐに帰ろうと思っていたが、薬剤師との会話で気がほぐれたのか、栄一郎はつい余計なことを口にした。

「いや、これは本当に余計なことだった。ところで薬のことで少し訊いてもいいかな」

「なんでしょう」

「今回もらった薬だけど、これはどれくらい強い薬なんだろう」

そのあたりのことを医師に訊き忘れたのだ。しかし薬剤師は眉間にしわを作って、

「薬を強い弱いで表現するのは誤解を招く言い方です。薬の効果や副作用についてお知りになりたいならきちんと説明いたしますが、先生からはどういう説明を受けましたか」と逆に質問を返された。

「面目ないが、実はよく覚えていないんだ」

栄一郎は頭を掻《か》いて、言葉を濁した。医師の前に出ると緊張するとは言いづらい。

「では一通り説明いたします。睡眠導入剤には種類があるのですが、今回出されたこの薬はメラトニン受容体作動薬といわれるものです」

催眠作用や睡眠リズムを調節して入眠をもたらす作用があると説明してくれた。効果は緩徐だが安全性は高いそうだ。英一郎はそれを聞いて安堵《あんど》した。

「ありがとう。夜、寝床に入っても足がムズムズして眠れない日が続いてね。最近で

はじっとしていられなくて、部屋の中を歩き回って、さらに眠れない時間が長くなっている。この薬で眠れるようになるといいんだが」

栄一郎が笑いながら言うと、薬剤師は妙な顔をした。

「足がムズムズして眠れないという話は先生にしましたか」

「いや、そこまでは言ってない。眠れないから薬がほしいと言っただけだ」

「そうですか。不眠症とは別に、むずむず脚症候群という病気があるのですが」

薬剤師はカウンターからタブレットを取り出した。

「その場合、治療には神経の興奮を抑える薬を使います。もしも今日処方された薬を飲んでその症状が治まらない時は、その話をして別の薬を出してもらうのがいいかもしれません」

タブレットを見せながら薬剤師は説明してくれた。

「むずむず脚症候群なんてはじめて聞いたな。私は不眠症ではなく、その病気にかかっていると言いたいのかね」英一郎は半信半疑で薬剤師に訊いた。

「私にその判断はできません。そのためにはあらためて医師の診断を受ける必要があるということです」

「なるほど。そういうことか。この薬を飲んでも症状が続くようならそうしよう」

栄一郎は彼女の名札にもう一度目をやった。

薬剤師なのに毒島か。

どうにも目を引く苗字だが、だからこそ仕事に手を抜けないということもあるかもしれない。そういう意味では、頼もしい苗字と言えるだろう。

「色々と教えてくれてありがとう。今日はここに来てよかったよ」

栄一郎は満足した心持ちになって、丁寧に礼を言ってどうめき薬局を後にした。

第三話

用法

はじめての介護

年　月　日

1

「亮平《りょうへい》、いい加減に起きなさい！」

大きな声に眠りを妨げられて、青柳《あおやぎ》亮平は枕元の時計に目をやった。

八時半。今日の講義は午後からだ。

目を閉じかけて、今日は祖母を病院に連れて行く日だったと思い出す。普段は母がつき添うのだが、急な仕事が入ったとかで数日前に頼まれたのだ。

亮平は急いで起き上がると、リビングに向かった。母親はソファに座って、メイクをしていた。くまを隠すためか、コンパクトに顔を近づけ、目のまわりをパフで入念にはたいている。

母親は朝からどこか疲れた顔をしていた。最近はなかなか疲れが取れないとよく言っている。更年期障害の影響らしいが、毎日が辛そうだ。病院で精密検査を受けた方がいいんじゃないの、と亮平が言ったこともあるが、そのうちね、と言うだけで、母親は実行しようとしなかった。

それでいて祖母の病院には半休を取って同行しようとするのだから、どうにも皮肉なことだと亮平は思う。

「病院には何時に行けばいいんだっけ？」確認のために亮平は訊いた。

「十時半よ。あと細かいことを言うと、予約したのは病院じゃなくてクリニック。病院というのは二十人以上が入院できる施設の名称なの。十九人以下か、または入院できる施設がない医療機関はクリニックとか診療所と呼ぶのが正しいのよ」

マスカラを塗る手を休めないままそう母親は言ってきた。

家族の会話なんだから意味が通じればいいだろう。重箱の隅をつつくような性格だから、父さんに逃げられるんだよ。

喉元までそんな言葉がこみあげたが、口にすれば何十倍にもなって返ってくるだろう。朝から不機嫌な思いはしたくないと思い、亮平は口元をぎゅっと引き締めた。

そのままトイレに行くと、蓋を持ちあげて便器に腰かける。

一緒に生活をしていて、母親には苛々させられることが多かった。これで外に出れば、顧客の信頼も厚いファイナンシャルプランナーだというのだから世の中はわからない。

亮平から見た母親は、常に苛々して、あまり笑うことのない中年女性に他ならなかった。うまくいかないことや、気に入らないことがあるたびに、身近な人に八つ当たりする性格は昔から変わらない。それでも離婚して少し落ち着いたようで、しばらくの間は母子二人で静かな生活を送っていた。

高校三年間は天国だった。母親が仕事に行きさえすれば、一人で気楽に過ごすことができたからだ。スマートフォン片手にだらだらした生活を送り、学校が休みの日にはこっそりガールフレンドを家に呼んだこともある。

しかし、気ままな生活は三ヶ月前に終わりを告げていた。祖母が同居するようになったせいだ。祖父は亮平が生まれる前に亡くなっていた。祖母はその後、多摩《たま》市の公団住宅で一人暮らしをしていたが、最近になって心身ともに不調が出てきたようで、心配した母親が自宅に引き取ることを決めたのだ。

祖母は八十三歳で足がかなり弱っている。以前骨粗しょう症を患って、腰椎の圧迫骨折をしたことが影響しているとのことだ。最近では認知機能も低下しているようで、自分の考えや気持ちを他人にうまく伝えられなくなっている。

そのために祖母がクリニックに行く日は母親が同行すると決めていた。しかし今回はどうしても仕事を外せないということで亮平にお鉢が回ってきた。

「診察が終わったら調剤薬局に行って、薬をもらってきてちょうだいね」

トイレから出ると、待ちかねたように母親は声をかけてきた。

クリニックと調剤薬局に行って、その後で祖母を家に連れて帰り、それから自転車で大学に向かう段取りを組んでいた。

「クリニックは神社の先にあるところでいいんだよね」

キッチンでインスタントコーヒーを入れながら、ソファに座っている母親に訊く。

「そうよ。かぐらざか総合クリニック」

去年開業した新しい施設だった。設備も新しく、医者も看護師も感じがいいらしい。

「あっ、そうだ。調剤薬局は隣じゃなくて、どうめき薬局に行ってちょうだいね」

クリニックから十分ほど歩いた場所にある調剤薬局の名前を母親はあげた。

「えー、どうして隣じゃダメなのさ」

薬なんて、どこの調剤薬局でもらっても品質も値段も変わらない。だったらクリニックに近いところが一番だ。亮平はそう考えていたが、母親には違う考えがあるようだ。

「あそこの薬剤師は感じが悪いのよ。質問しても面倒そうに答えるし」

そういえば、前回、ちょっとしたいざこざがあったと言っていた。

祖母は、基本的に自分のことは自分でできるが、何かを気にしはじめると歯止めがかからなくなる時がある。いつまでも同じことをしつこく口にして、そんな時はいくらなだめても、まったく納得しようとしないのだ。その時もそんな風になり、新しくなった薬が嫌だ、前の薬に変えてほしい、と言い張ったそうだった。

骨粗しょう症の治療のために祖母は半年ごとに注射を打っている。そして二ヶ月ごとに医師の診察を受けて、処方箋をもらっている。一人暮らしをしていた時は、自宅の近くにある個人経営のクリニックに通っていたが、転居するにあたって母親が自宅のそばに医療機関を探した。その結果、選ばれたのがかぐらざか総合クリニックだった。

二ヶ月前、薬がなくなるタイミングを見計らって、母親がそこに祖母を連れて行った。かぐらざか総合クリニックは、医療法人が運営する複数の医師が在籍している医療機関とのことだった。三十代のてきぱきした院長先生以下、看護師や事務員の対応も丁寧でよかったのだが、処方箋を隣の調剤薬局に持って行った時に問題が起きたらしいのだ。

薬剤師が取り出した薬を見て、これは違う、と祖母が騒ぎ出したのだ。

診察をしてくれた院長先生から薬を変えるという話はされていた。その理由も説明されていたらしいが、母親はよく聞いていなかった。自分にはよくわからないことだし、医師の言うことだから間違いないだろうと思って、訊き流したらしいのだ。

祖母も言われたことの意味がわからなかったらしく、その時は黙っていたが、調剤薬局で出された薬を見て、それに気がつき騒ぎ出したらしかった。

さっき院長先生に薬を変えるって言われたでしょう。お母さんの症状にはこの薬の方がいいんだって。

母親が言ったが祖母は納得せずに、私の薬はこれじゃない、と繰り返すだけだった。

困った母親は助けを求めるように薬剤師の顔を見たそうだ。しかし薬剤師はそっけない態度で、ウチではどうにもできません、問題があれば先生に相談してください、という態度を取るだけだった。

理屈としては間違っていないが、もう少し別の言い方があるだろう。母親はムッとしたが、ここでそれを言っても仕方ないし、場合によってはクレーマー扱いされかねない。それで騒ぐ祖母をなんとかなだめて、薬をもらって帰って来たそうだ。その後、祖母はその薬を飲みはじめたが、やはり気に入らないようで、この薬は飲みづらい、飲むと嫌な気がする、前の薬がよかった、と毎日のように文句を言っている。

その態度に母親も苛々しているようで、一日一回飲むだけなんだから我慢すればいいじゃない、あてつけみたいに同じ文句を繰り返して嫌になっちゃう、と祖母のいない所で亮平に愚痴を言ってくる。

もっとも祖母の言っていることも気になるらしく、次の日にクリニックに電話をしたそうだ。以前飲んでいた薬に戻せませんか、と訊いたが、病気を悪化させないためには今の薬がいいと返事をされたそうだった。

それなら前に処方されていた薬は何だったのか。祖母がかかっていたのは、地元でも評判の整形外科医ということだったが薬に関しては違うのだろうか。そもそも前の薬と今の薬の違いはなんなのか。

いくつもの疑問が胸に湧いたが、それを訊くことはできなかった。電話で応対したのは、院長先生から回答を預かった事務の女性だったのだ。続けて質問をしたところで、伝言ゲームめいたやり取りが繰り返されるだけだろう。

患者があふれていたクリニックの待合室の様子を思い出し、診察に追われる院長先生とは直接話をすることも難しいのだろうと思い、母親はそれ以上質問するのをあきらめたそうだった。

「だから、あらためて今日相談するつもりだったのよ」

メイクを終えて、化粧道具を片付けながら母親は言った。

「でも私は行けないし、あんた、そのことを院長先生に訊いてきてよ」

出かける間際になって面倒なことを言い出した。

「そういうことはもっと早く言ってくれよ」亮平はうんざりした気分で言った。

「忘れていたの。いま薬局の話をして思い出したのよ」母親は悪びれることなく返事をする。

「院長先生に薬を変えた理由を聞いてよ。お医者さんに言われればお祖母ちゃんもさすがに納得すると思うのよ。それでもダメならどうめき薬局の薬剤師さんに相談してみて。毒島さんって人が親切で、薬の説明もうまいから」

母親は以前どうめき薬局で薬の相談をしたことがあるそうだ。その時に毒島さんに色々と教えてもらってすごくためになったと言い足した。

「でも院長先生にしろ、その薬剤師さんにしろ、そもそも祖母ちゃんが話を理解できるのかな」

最近の祖母の様子を見ていると、誰にどんな話をされても理解できないのではないかと心配にもなってくる。

「それならそれで仕方ないわ。あんたが話を聞いて、後で教えてくれればいいから」

母親がそれを祖母に説明するそうだ。そこまで言われたら断れない。

「わかったよ。聞いてくればいいんだね」面倒だなと思いつつも頷いた。

「よろしく頼むわ。じゃあ、これね」

母は財布から診察券と保険証、そして一万円札を出して亮平に渡した。

「これで診察料と薬の代金を払って、そこから手間賃として二千円取っていいわ」

祖母の診察を任せることを、母親なりに心苦しく思っているようだった。その気持ちを亮平はありがたく受け取った。

しかし、すぐに母親にはそれ以上の企《たくら》みがあることに気がついた。お金を受け取った以上、頼まれたことをきちんとやり遂げる責任が亮平に生じたのだ。しまった、忘れたでは通らない。結局は母親の掌《てのひら》で踊らされているということか。

「じゃあ、よろしくね」

そのまま母親は出かけて、亮平は食卓にあった朝食を一人で食べた。

当の祖母はすでに朝食を済ませたそうで、自分の部屋で大人しくしている。祖母が嫌いとか苦手なわけではないが、これまで夏休みと正月くらいにしか会わなかったものが、いきなり同居となって戸惑うことは多かった。

祖母は掃除や炊事などの簡単な家事や、一人で買い物に行くことはできるが、長時間歩いたり、重いものを持ったりすることを苦手にしていた。また何かの拍子に慣れ親しんだ人の顔や名前を忘れたり、方向感覚がなくなることもある。

こちらに来てすぐの頃は、土地勘がないこともあって、一人で散歩に出かけて迷子になったこともあった。それで心配した母親が、祖母の着ている服に、自分と亮平の携帯電話の番号を記した布を縫いつけた。祖母が迷子になって、母親が電話に出られない時には、亮平に連絡が来ることになるだろう。幸いなことに、まだそんな電話が来たことはない。しかし、この先祖母が本格的に認知症になったり、寝たきりになったらどうなるのだろうかということはよく考える。

母親は仕事を辞めて介護に専念するのだろうか。そうなったら家計は果たしてどうなるのだろう。自分はこのまま大学に通うことができるのか。そんな疑問が頭に浮かぶが、答えを聞くのが恐くて母親に質問したことはない。

ドアが開く音がした。祖母が部屋から出てきたようだ。

もうすぐ時間だ。亮平は出かける用意をするために立ち上がった。

2

かぐらざか総合クリニックは混んでいた。

待合室には人があふれて、予約の時間になっても祖母の名前は呼ばれない。待っているのは高齢者と幼い子供を連れた女性が多かった。内科、外科、小児科、婦人科、整形外科など複数の診療科目があるために、近隣から患者が集まってくるのだと母親が言っていたことを思い出す。

「順番はまだなの？　予約はしたんだよね」

隣に座った祖母が同じ質問を繰り返す。

「しているよ。混んでいるから待つしかないよ」

「前の病院ならこんなことはなかったのにねえ。行けばすぐに診てもらえたよ」祖母は不満そうな顔をする。

「私はこっちに来るのが嫌だったんだよ。それを真紀子《まきこ》が強引にさ」

母親の名前を出して、さらに文句を言い出した。

祖母が以前住んでいたのは、四階建ての公団住宅の三階だった。エレベーターがないために、買い物に行くにも、ゴミを出すにも階段の上り下りをする必要があった。そして足腰が弱っている祖母が階段を使う様子はいかにも危なそうだった。

母親が強引に祖母の転居を進めたのには、そんな理由もあったのだが、祖母は長年住み慣れた家を離れるのがよほど嫌だったらしく、同居を始めた後も不満を感じるたびに同じ文句を口にする。

「前に通っていたクリニックは感じがよかったの?」

母親への文句を聞くのが嫌だったので、亮平は話題を変えた。

「もちろんだよ。建物は古かったけど、先生がいい人でね。話をよく聞いてくれたんだ。ここの病院は綺麗だけど、先生は早口で何を言っているのかよくわからないね。向こうの先生は還暦を超えていたけど、穏やかでとてもいい先生だった。ここの先生は優秀そうだけど、若いからきっと年寄りの気持ちなんてわからないんだろうねえ」

母親は院長先生のことを褒めていたけれど、祖母からすればまた別の感想があるということか。

亮平は周囲を見まわした。

待合室はいっぱいで座れずに廊下に立っている人もいる。たしかにこれだけ患者が待っていれば一人一人の話をじっくり聞くのは難しいだろう。

「佐藤《さとう》先生はよかったよ。私の話もよく聞いてくれたし、飲みやすい薬を出してくれたしね」

　佐藤先生というのが前のクリニックの医師のようだ。

「薬に飲みやすいとか、飲みにくいとかってあるの？」

「もちろんあるよ。私はあのイクラみたいな薬がよかったんだよ。今の薬は飲みづらくて嫌になるし、それだけでも私は前の病院に戻りたいくらいだよ」祖母はどこか悲しげに呟いた。

「そのイクラみたいな薬に戻してもらいたいってこと？」

「そうだよ。だからあんたからも頼んでよ。イクラみたいな薬に戻してくださいってさ」

「なんて名前の薬なのかな」

　しかし祖母は名前を覚えていなかった。

「イクラだよ。イクラに似た薬」

「赤くて、まるい薬ってこと？」

「そうそう。そういう薬だよ」

　そんな話をしているうちに祖母の順番がきた。亮平は祖母を連れて3という番号が記された診察室のドアをあけた。

　中で待っていたのは女性の医師だった。髪をポニーテールにして、白衣の胸に木澤《きざわ》という名札をつけている。そういえば複数の医師が在籍していると母が言っていたことを思い出す。

「こんにちは。お変わりはないですか」

木澤医師はパソコンのカルテを見てから祖母に訊いた。声も顔立ちも若そうだ。二十代後半くらいかな、と亮平は考えた。

「はい。大丈夫です」

か細い声で祖母が答えた。先ほど待合室で母への文句を言っていた時の勢いは消えている。

「じゃあ、胸の音を聴きますね」

木澤医師は祖母の胸と背中に聴診器を当てた。

「特に問題はないようですね。では、前回と同じ薬を出しますね」

事務的に言って再びパソコンに向き直る。それで診察は終わりのようだった。

「あの、前に出してもらった薬のことで相談があるんですが」

亮平はパソコンに向かう木澤医師におずおずと声をかけた。

「はい。なんでしょう」

木澤医師は、少し意外そうな表情を浮かべて亮平の顔を見た。

「今の薬は飲みにくいって祖母が言っているんです。前に飲んでいた薬に変えてもらうことはできますか」

「あら、そうですか」

木澤医師は小首をかしげてパソコンに向き直り、カタカタと音を立ててキーボードを操作する。

「今お出ししているのはデノタスチュアブル配合錠ですね。飲みにくいということはないと思いますが……あっ、もしかしてそのまま飲み込んでいませんか。これはチュアブル錠なので、噛《か》み砕くか、口の中で溶かしてから飲み込むようにしてください。そうすれば楽に飲めると思いますよ」

薬局で薬剤師さんに説明されなかったですか、と木澤医師は亮平に訊いた。

薬剤師がちゃんと説明しなかったか、あるいは祖母がそれを聞いていなかったと言いたそうな口ぶりだった。

「いえ、僕はその時はいなかったので……」

言い訳めいた台詞だと思ったが、実際にそうなのだから仕方ない。

「知子《ともこ》さん。どうですか。そうやって服用していますか」

木澤医師が祖母に質問をする。

「うーん。よくわかりません」

祖母が自信なげに首をふる。

「じゃあ、次からはお口の中で噛んでから、飲み込むようにしてください。そうすればきっと楽に飲めるようになりますよ」

木澤医師は優しげな笑顔を向けたが、祖母は納得していないようだった。助けを求めるように亮平の顔を見る。医師が言っていることが理解できないのかと思い、

「これは口の中で噛んでから飲む薬なんだって。それで飲みやすくなるって先生は言っているよ」

亮平は木澤医師の言葉を繰り返した。

「前に飲んでいたイクラみたいな薬がいいのよ」祖母がか細い声で言う。

やはりそうなのか。

「前に通っていたクリニックで、イクラみたいな薬を出されていたそうで、それがいいと言っているんですが」

亮平が代わりに言ったが、木澤医師は意味がわからないようだった。

「イクラですか？　正式な薬の名前はわかりますか」

祖母は不安そうに首を横にふる。

「すみません。名前はわからないようなんですが」

すると木澤医師は再びパソコンに向き直り、キーボードをカタカタ打って、何かを一心不乱に調べ出した。

「イクラ、イクラ……うーん、そんな名前の薬はないですね」

えっ、そっち？

亮平は思わず言いそうになった。イクラみたいな薬と言われたら、普通は色や形がイクラに似ていると思うのではないか。しかしそれを伝えても、木澤医師は困ったように首をかしげるだけだった。

「名前がわからないと調べようがないですね」

そう言われてしまうと何も言えない。相手は医師だから、薬の相談をすればすぐにわかると思っていたが、どうやらそういうわけではないらしい。

木澤医師の顔には困惑の色が浮かんでいる。待合室には大勢の患者が待っているのだからそれも当然か。そして亮平も講義の時間が迫っている。

「わかりました。それでいいです」

不満顔の祖母を促しながら診察室を出た。

「あのイクラみたいな薬がいいのよ。どうして変えてくれないの」

会計を待つ間、祖母がまた文句を言う。

「お医者さんにもわからないみたいだよ。薬局に行って薬剤師さんに相談してみよう」

亮平はとりあえずそう答えたが、心の中ではあまり期待していなかった。医師にわからないことが薬剤師にわかるはずもないだろう。しかしそれでも亮平は構わなかった。ようは母親から頼まれた事をすればいいのだ。それで祖母が納得するかどうかは別問題だ。

会計を済ませて、領収証と処方箋をもらい、次回の診察の予約をしてからクリニックを出た。

手押し車を押しながら歩く祖母に歩調を合わせて、石畳の道を行く。祖母は肩から黒いポーチをかけていた。何が入っているのか、パンパンに膨らんで、祖母が持つには重そうだ。

持ってあげようか、と訊いたが、大丈夫、と断られた。

道すがら、祖母は散歩の途中で入ったという甘味処の話をしてくれた。いつも混んでいるが、その時はたまたま空《す》いていたそうで、入ってみたところ、黒蜜をかけたフルーツあんみつが美味しかったそうだ。

帰りにそこに寄ろうと誘われた。

「今日は講義があるからいけないな。講義がない時に一緒に行こうか」

「私は毎日暇だから、時間ができたらいつでも言って」

祖母は屈託のない笑みを浮かべて、昨日見たというテレビ番組の話をはじめた。

それを聞きながら亮平は小学生の頃を思い出した。

祖母の家に行くたびに、亮ちゃん、食べな、とスイカや饅頭《まんじゅう》や焼き芋を出してくれた。あの頃は祖母もまだ若かった。お菓子やジュースがなくなるたびに、自転車で十分ほどかかるスーパーマーケットにわざわざ買い出しに行ってくれたのだ。それができなくなったのは腰椎の圧迫骨折をしたためだ。腰の痛みが我慢できなくなって病院に行って、それで骨折していると言われたそうだった。

それ以来、足腰が弱って、孫の世話を焼くのにも苦労するようになった。それは亮平が中学生になった年のことであり、それからは祖母のもとを訪ねる回数はめっきり減った。

中学高校の六年間は陸上のクラブ活動をしていたこともあって、ほとんど祖母とは会ってはいなかった。それがこうして同居することになったのだ。

久しぶりに会った祖母が痩せ細り、見るからに弱々しい老女になっていたことも亮平にショックを与えた。高齢になって運動量が減るとすぐに筋肉が落ちるものらしい。

いま現在、亮平の心には、祖母を助けたいと思う気持ちと同時に、世話を焼くのが面倒だと思う気持ちがわずかながらある。そんな自分の気持ちと向き合うのが嫌で、同居をはじめても祖母と二人きりになることはできる限り避けていた。

「ごめんなさいね。忙しいのに、こんなおばあちゃんの面倒を見させたりして」

亮平がぼんやりしていると、祖母がぽつりと言葉を漏らした。心の中を読まれたようで亮平は慌てた。

「そんなことないよ。病院と薬局くらいいつでも連れて行くよ」

「でも大学があるんでしょう。私が一人で行ければ、真紀子にも亮ちゃんにも迷惑をかけないですむのにねえ」祖母は肩を縮めるようにして呟いた。

「そんなことないってば。それより薬のことだけど、やっぱりイクラみたいな薬がいいんだよね。調剤薬局で薬剤師さんに相談してみるから、そんなに暗い顔をしないでよ」亮平は取り繕うように慰めの言葉を口にした。

「でも、お医者さんには飲み方が悪いって言われたし、きっと薬剤師さんにも同じことを言われるよ。だからもう言わないでいいよ。私が我慢すれば済むことだから」

そう言われると、逆に何とかしてあげたい気持ちになってくる。

「どうめき薬局の薬剤師さんは親切だって、母さんが言ってたよ。とりあえず相談をしてみるから、まだそうと決めつけないでいいよ」

「そうだったらいいんだけどねえ」祖母はため息をつく。

「薬剤師さんに会う前にもう一度確認するけど、いまの薬の何が嫌なのさ。噛み砕いたり、口で溶かしてから飲み込むのが嫌だってこと？」

「全部嫌なの、噛み砕くのも、口の中で溶かすのも、その全部が嫌なのよ」

やはり祖母は自分の考えや気持ちを言葉でうまく言い表せないようだった。これ以上質問すると、却《かえ》って混乱させると思って、亮平はそれ以上質問するのをやめた。

そうしているうちにどうめき薬局に着いた。クリニックほどではないが、ここでも十人近い患者が待っている。空いている椅子に祖母を座らせて、亮平は処方箋と保険証を受付に出した。

「おくすり手帳はお持ちですか」

受付の女性は言った。母親からは預かっていなかった。

「ありません」

女性は処方箋と保険証をチェックして、パソコンを使って薬の在庫を調べてから、ではお待ちくださいと最後に言った。

亮平はいったん戻りかけて、大事なことを言い忘れていたことを思い出した。

「毒島さんって薬剤師さんに担当をお願いしたいのですが」振り返って言った。

「毒島ですね。かしこまりました」受付の女性は言った。

ここも忙しそうだな、と思いながら席に戻って、祖母の隣に腰かける。

クリニックでも思ったことだが、祖母は背中が丸まって、体が小さくなったようだった。あらためて会えなかった年月の重みを考える。もっと大切にしてあげなくちゃいけないな、という思いが胸の中に飛来した。

順番に患者が呼ばれて、やがて祖母の名前が呼ばれた。

亮平は祖母を伴って、投薬カウンターに進んだ。

黒縁の眼鏡をかけた女性薬剤師が立っている。

彼女が毒島さんということか。すらりとして、顔立ちも整っているが、少し感じがきつそうだ。本当に親切な人なのだろうかという不安を亮平は覚えた。

「青柳知子さんですね。毒島です。本日はこちらのお薬が出ています」

毒島さんはカウンターの上に薬を並べた。

「デノタスチュアブル配合錠、五十六日分です。一回二錠、朝食の後に服用してください。これはチュアブル錠といって、嚙んでから飲み込む薬になっています」

そう説明をしてから、「ウチに来られたのは初めてのようですが、何かご質問はありますか」と亮平と祖母の顔を交互に見た。

初めての患者なのに、自分が指名されたことを不思議に思っているのだろう。

「前に母がお世話になったそうで、今回は祖母の薬のことで相談があるんですが」

亮平は母親の名前を口にした。

「なるほど。青柳さんのお母さまなのですね」毒島さんは納得したように頷いた。

「相談とはどういうことでしょう」

「祖母が、この薬は嫌だ、前にもらっていた薬に変えたいと言っているんです」

亮平はカウンターの上に置かれた薬を指さした。祖母も何かを言うかと思ったが、眠そうな顔でぼんやりしているだけだった。自宅からクリニック、そして調剤薬局と歩いてきて、すでに疲れているようだ。

亮平はここまでの話をかいつまんで毒島さんに伝えた。

「イクラですか」

毒島さんは眉間にしわを寄せて、考え込むような顔をした。

「イクラみたいな薬といっても、いくつか種類があるのですが、たとえばこういう薬のことですか」

毒島さんはカウンターの横からタブレットを取り出した。それを操作して、画面に表示された薬を祖母に見せた。

「そうなの。これよ、これ！」祖母が嬉しそうな声を出す。

「この薬にしてほしいのよ！」

それを聞いて亮平はほっとした。よかった。これで問題は解決だ。体を寄せて、タブレットの画面を覗き込む。

薬の名前は『エルデカルシトールカプセル0・75μg』となっていた。

『ビタミンDを補うお薬です。カルシウムの吸収を助け、骨を丈夫にします。骨粗しょう症の治療に使います。副作用として、体がだるい、いらいら感、吐き気、嘔吐《おうと》、口の渇き等の症状が表れることがあります』

そんな説明文が添えられているのが見て取れた。

「佐藤先生はこの薬を出してくれたのよ。でもこっちに来たら変えられちゃって」

嬉しさのあまり疲れを忘れたのか、祖母は雄弁に喋り出す。

「だけど私はこれを飲むのが嫌なのよ。この薬を飲まなきゃいけないと思うと憂鬱《ゆううつ》になって、朝ごはんを食べるのも嫌になるほどよ」

「じゃあ、薬をこっちに変えてもらえばいいのかな」

そうしてもらえれば一件落着だ。祖母を送った後で安心して大学に行けるし、夜には母にも大威張りで報告できる。しかし毒島さんは無情にも首を横にふった。

「生憎《あいにく》ですが、処方された薬を薬局で変更することはできません。変更するには再度診察を受けて、新しい処方箋を出してもらう必要があります」

「そうなんですか」

亮平はがっかりした。帰り際もクリニックは混んでいたし、大学の講義があるので、これから再び診察を受けるのは不可能だ。

「薬を変えてもらうにはもう一度診察を受けなくちゃいけないんだって。だからそれは次の診察の時に頼むとして、今回はこの薬で我慢してくれるかな」

亮平は申し訳ない気持ちになりながら祖母に言った。

しかし祖母は納得できないようで、

「どうしてできないんだい。この薬局は不親切だね」と口を尖らせた。

「薬局のせいじゃないよ。そういう決まりになっているんだよ」

「でも私はこの薬が嫌なんだよ。なんとかこのイクラに変えておくれよ」

そう言われても無理なものは無理なのだ。

「次回の診察まで我慢してくれないかな」

「じゃあ、私はこれから佐藤先生のところに行くよ。あそこならこの薬を出してくれるから」

「そんなのは無理だよ。どれだけ時間がかかると思っているのさ」

「あんたには迷惑はかけないよ。一人で行ってくるからあんたは大学に行っていいよ」

「いや、そんなのは無理だって」

「無理じゃないよ。やればできるよ」

祖母が子供のように駄々をこねるので、さすがに毒島さんも見兼ねたのだろう。

「よろしければ、お話の続きは向こうでしましょうか」

毒島さんが指さす方には、パーティションで区切られたカウンターがあって、椅子に腰をかけて話ができるようになっていた。早く帰りたい気持ちはあるが、祖母を無理矢理引っ張っていくわけにもいかない。話をして冷静になってもらう必要があるだろう。

「ありがとうございます。そうさせてもらいます」

亮平は祖母を伴ってそちらに移動した。

「お祖母さまは、どうあってもこの薬が嫌なわけですか」

椅子に座ったところで毒島さんがあらためて訊いた。

「そうなんです。飲みはじめてからずっと嫌だ嫌だって言っています」

「エルデカルシトールからデノタスチュアブル錠に変更された経緯について、先生はどのように説明をされましたか」

「それがよくわからないんです」

亮平は母から聞いた話をした。祖母は骨粗しょう症を患っていて、ずっと前からクリニックに通っていること。高齢であることを心配して、一人暮らしをしていたのを三ヶ月前ほどに母がこちらに連れて来たこと。それでクリニックを変えたところ、院長先生の判断で薬を変更されたこと。その時に母親が説明を受けたらしいけれど、聞き流してしまったようで、今となっては内容がまったくわからないこと。

「今日の診察の時も先生に相談したんですが、飲み方が悪いのだろうと言われて、変えてもらうことができなかったんです」

院長先生ではなく若い女性の医師が診察をしたことや、祖母の言いたいことが医師にうまく伝わらなかったことを、亮平はさらに説明した。

「なるほど。そういうことですか」毒島さんは顎に手を当てて考え込んだ。

「ちなみにですが、お祖母さまは過去に骨折した経験がおありですか」

　毒島さんから質問されて、亮平はすぐに頷いた。

「はい。あります。ぶつけたり転んだりしていないのに、気がついたら腰が痛くなっていて、病院に行ったら骨折していたという診断を受けたということです」

　それで骨粗しょう症と診断されたのだ。

「女性は妊娠や授乳などでカルシウムを大量に必要とする時期がありますからね。更年期を迎えると女性ホルモンである卵胞ホルモン《エストロゲン》の分泌が減少します。エストロゲンは骨を新しく作る細胞の働きを促進して、古い骨を減らす細胞の働きを低下させます。だから分泌量が減ると骨の強度が低下して、それが骨粗しょう症の原因となるわけです」

　毒島さんはすらすらと説明してくれた。

「今回処方されたデノタスチュアブル錠は、カルシウムとそれを吸収する効果を高めるビタミンDを補う薬ですが、この薬を飲んでいるということは、知子さんはプラリアの皮下注射による治療を受けているわけですね」

「プラリアですか」

　亮平は知らなかったが、祖母は即座に頷いた。

「はい。していますよ。それをすると骨が強くなるって佐藤先生に言われてね」

「そうですね。プラリアには骨密度を増やして、骨折を予防する効果があります」

祖母の言葉を肯定するように毒島さんは頷いた。

「そのプラリアって何ですか」

話の腰は折りたくないが、帰った後で母に説明する必要があるために亮平は訊いた。

「六ヶ月に一回投与する皮下注射です。骨を壊す細胞の活性化を抑えて、骨が壊れる進行を抑制する効果があります」

半年に一度注射をするという話は聞いていた。プラリアというのは、その注射の名前ということか。

「プラリアには骨がもろくなるのを防ぐ効果がありますが、血中のカルシウム濃度が低くなるというデメリットもあります」

血液中に含まれるカルシウムには、筋肉や神経の働きを司《つかさど》る働きがあるそうだ。薬の効果で骨から溶け出すカルシウムが減ると、血中のカルシウム濃度が低下して、筋肉の痙攣《けいれん》、筋肉痛、手足の感覚障害などの症状が表れる危険が高まるのだと毒島さんは説明してくれた。

「それは低カルシウム血症と呼ばれる症状です。そうなることを回避するためにプラリアの投与中はカルシウムとビタミンDを摂取する必要があるわけです」

デノタスチュアブル錠もエルデカルシトールもそれを補う薬とのことだった。

「それで佐藤先生はエルデカルシトールを処方していたということですね。でもそれならかぐらざか総合クリニックの院長先生はどうして違う薬に変えたのでしょうか」

「さすがにそれはわかりかねますね。これまでの治療や服薬の履歴がわかれば、そこから推測できることもあるのですが」毒島さんは困った顔をした。

「今日はおくすり手帳をお持ちになっていませんか」

それは受付の女性にも訊かれたことだった。

「はい。今日は持ってきてないんです」

亮平は言いかけたが、祖母がそれを遮った。

「それなら私が持っているよ」

膨らんでいたポーチをあけて、輪ゴムで留めたおくすり手帳の束を取り出した。

「なんだ。お祖母ちゃんが持っていたのか」

ポーチに入っていたのは十冊近いおくすり手帳だった。

「古い物まで持ち歩くことはないのに」

「外出中に地震とかあったら困るだろう。おくすり手帳は大事なものだから、常に持ち出せるようにしなさいって佐藤先生に言われたんだよ」

「それはいい心がけですね。でも確かにすべてを持ち歩くことはないですよ。新しい物があれば十分です」

拝見いたします、と言いながら毒島さんは一番上のおくすり手帳を手に取った。

「プラリアはずいぶん前から打たれているんですね」

丁寧にページをめくりながら、毒島さんは確認するように祖母に声をかけた。

「骨折した後に佐藤先生に勧められたのよ。それからずっと打っているわ」

毒島さんは一通りおくすり手帳に目を通すと、亮平にも見えるようにカウンターに置いた。開いたページには『プラリア皮下注60㎎シリンジ』と印刷された緑色のシールが貼ってある。

その下には佐藤先生が処方した薬の内容が記されたシールがあった。

『エルデカルシトールカプセル0・75㎍×56日分』

「これは佐藤先生の治療と処方の記録です。かぐらざか総合クリニックの院長先生の処方はこちらですね」

毒島さんはページをめくって亮平に見せた。

『デノタスチュアブル配合錠×56日分』

前回、母と行った時のものだろう。

「デノタスは沈降炭酸カルシウムに天然型ビタミンDと炭酸マグネシウムを配合した製剤で、プラリアの投与に用いるために開発された薬です。プラリアに対してはデノタスの投与が標準ですので、院長先生の処方は一般的なものと言えます。エルデカルシトールも骨粗しょう症の治療に用いられる薬ですが、含まれているビタミンDが活性型であることがデノタスとの違いです」

食事から摂取したり、皮膚に紫外線を浴びて体内で合成されたものが天然型のビタミンDであり、それが肝臓や腎臓で代謝されて活性型のビタミンDになるそうだ。

「デノタスは、プラリアのデメリットを補う薬として開発された経緯があります。よってプラリアの治療を行っている患者さんに処方するのは、きわめて標準的な処方といえますね」

せっかくだから前の分も見せてくださいね、と言いながら毒島さんは古いおくすり手帳の束に手を伸ばした。

「あっ、ここにありますね」

何冊か調べた後で毒島さんは言った。ページをめくって、亮平に見えるようにカウンターに置く。そこにはプラリア皮下注射を行った最初の日の記録があった。日付を見ると七年前だ。ということは古いおくすり手帳を持ち歩くことが、今回に限っては幸いしたようだ。

「これが最初にプラリア皮下注射を行った記録ですね。これを見ると、その時は佐藤先生もデノタスチュアブル錠を処方しています」

「あっ、本当だ」

毒島さんの指さす箇所を見て、亮平は声をあげた。

「その四ヶ月後にエルデカルシトールに変更しています。何か理由があったと思いますが、何か覚えていることはありますか」

毒島さんは祖母に顔を向けて質問した。

「どうだったかしら。昔のことはよく覚えてないわ」

祖母は顔をしかめたが、そういえば、と言って、顔を天井に向けた。

「言われてみれば、薬が嫌で変えてもらったことがあったかもしれないわ」と言い出した。

「それって、今と同じことが昔もあったということ?」

結局は祖母の我儘ということか。しかし毒島さんは考え深い顔になって、

「もう一度お訊きしますが、この薬の何が嫌なのですか」とカウンターに置かれたデノタスを指さした。

「全部が嫌なのよ。飲みたくないの」

祖母は同じ答えを繰り返す。

「では、飲むとどうなりますか。気分が悪くなったり、胸がムカムカすることはありますか」

「そうなのよ。飲むと胸がムカムカするの。飲むと必ずそうなるから、薬を変えてほ

しいのよ」

「それは副作用の可能性がありますね。七年前もその訴えがあって、佐藤先生は薬を変えたのかもしれません」

「じゃあ、お祖母ちゃんは副作用があるから、この薬を嫌がったってことですか」

毒島さんの言葉に亮平は口をあんぐりと開けた。

「それならそうと言ってくれればよかったのに」思わず責めるような声が出た。

「私は言ったよ。それをあんたたちが聞こうとしなかったんだよ」祖母はすぐに言い返した。

「ただ嫌って言うだけだったよ。飲むと胸がムカムカするとは言ってないよ」

「そんなことないよ。夜に母さんに訊いてみようか」

「じゃあ、夜に母さんに訊いてみようか」

亮平が呆れて言うと、

「また私のことを年寄りだと思って馬鹿にするんだね。ああ、歳は取りたくないね。大事に育てた娘や、可愛《かわい》がっていた孫から、こんな仕打ちをされるなんて」

機嫌を損ねたように祖母は横を向いて、それからは何を言っても返事をしようとしなかった。

こうなると本当に子供と変わらない。亮平はため息をついて、毒島さんの顔を見た。

「でも理由がわかってよかったです。お医者さんからもらう薬に副作用があるとは思いもしなかったです」

「どんな薬にも副作用が起きる可能性はあります。子供や高齢の方は、それが思わぬ形で出ることもありますし、自分ではそうとわからないこともあるので、まわりの方が注意することも必要ですよ」

　毒島さんは冷静に言った。そう言われたら確かにそうだ。祖母は認知機能が低下しているのだ。亮平は祖母への態度を反省して、

「わかりました。今後は気をつけます」と言った。

「でも佐藤先生がデノタスからイクラに変えた理由はわかりましたが、かぐらざか総合クリニックの院長先生は、それをどうしてまたデノタスに戻したんでしょうか。おくすり手帳を見れば、イクラに似ている薬を飲んでいるってわかりますよね」

「かぐらざか総合クリニックの処方箋は、ウチにもまわってきますが、他の科目であっても標準的な薬の処方がほとんどです。若い先生が多くて、一人で複数の科目を診ているということなので、院内では標準的な治療が推奨されているように思われます。最初の診察の時、おそらくそのあたりのことをお母さまに説明されたのではないでしょうか」

　それで薬をデノタスに変えたということか。

飲むと副作用が出るということを母親は知らなかったし、祖母も忘れていたようだから、それは仕方がないことなのかもしれない。

前回、院長先生が診てくれたのは初診だったからであり、難しい症状の患者ではないと判断したうえで、標準的な処方薬に変更して、次からは若い医師に任せたということはありそうだ。

「もう一度訊きますが、副作用があるとわかっても薬を変更することはできないんですか」

「残念ながらそうなります」

亮平の言葉に毒島さんは申し訳なさそうに頷いた。

「副作用があるなら医師に疑義照会をするという方法もありますが、そうしてもこの場で薬の変更はできません。もう一度診察を受けて、新しい処方箋をもらう必要があります」

そんな時間の余裕はない。今日はこの薬をもらって帰り、次の診察の時にまた話すしかないようだ。

「やっぱり薬は変えられないのかい」その場の雰囲気を察したように祖母が言った。

「うん。あと二ヶ月我慢してよ」

胸がムカムカする程度の副作用なら我慢できないことはないだろうと思って亮平は

言った。

「じゃあ、いいよ。変えてもらえないなら薬はもう飲まないから」祖母は言い出した。

「それはダメだよ。プラリアの注射をしている人は、これを飲まないと別の病気になるらしいから」

「平気だよ。これまでにも飲み忘れたことはあるけど、体調は別に変わらないもの」

「ダメだって。本当にもっとひどい病気になるよ」

「じゃあ、注射もやめる。それならもう薬を飲まなくてもいいんだろう」と祖母は言い出した。

それには毒島さんも驚いたようだった。

「それはダメです。やめるとオーバーシュートと呼ばれる骨密度の急激な減少が起こります。やめるにしても医師に必ず相談してください」

薬をやめた反動で骨がもろくなって、以前に増して骨折のリスクが高まるそうだ。

「自己判断でやめることだけは絶対にしないでくださいね」

毒島は亮平に向かって、釘を刺すように言った。

「わかりました。それはしないように強く言っておきます」

亮平は答えたが、これからどうすればいいのかわからない。講義の時間が迫ってきたが、祖母の機嫌は悪いままだった。途方に暮れていると毒島さんが、

「よろしければ私から、今日のことを先生に報告しましょうか」と言ってくれた。

患者に薬の副作用が認められた時、薬剤師から医師に報告することができるそうだった。

「患者さんの多くは自分で先生に話をすることを選びますが、知子さんは自分で説明をするのが難しいようですし、ＱＯＬやアドヒアランスの問題もありますから、私から報告をしてもいいですよ」

「ＱＯＬとかアドヒアランスって何ですか」

「ＱＯＬはクオリティ・オブ・ライフの略で生活の質を意味します。アドヒアランスは、患者さん自身が積極的に治療に参加することを意味する言葉です」

薬をきちんと飲める状態を維持するように患者さんを指導することも薬剤師の重要な職務なのだ、と毒島さんは説明してくれた。

「お祖母さまは、薬を飲むことに肉体的、精神的な苦痛を感じていて、このままでは薬の服用を拒否したり、プラリア皮下注射をしないと主張する恐れもあります。薬を飲むのは大事なことですが、医師や薬剤師が強制できることではありません。よってお祖母様が希望されているエルデカルシトールへの変更が望ましいことを、服薬情報《トレーシング》提供書《レポート》という書面で担当医師に伝えます」

「そうしてもらえると助かります。でも、副作用といっても胸がムカムカする程度のことで、なんだか大袈裟な気もしますけど」

「この場合、それが副作用かどうかは重要ではありません。お祖母様がデノタスを飲むと気分が悪くなると感じて、飲みたくないという行動に出ることが問題であるのです」

「わかりました。じゃあ、お願いします」

薬剤師が医師に報告してくれるなら安心だ。

いや、しかし、それでも全面的な解決とは言えなかった。

次の診察日は二ヶ月先だ。こうなった以上、祖母にそれまで我慢してくれとは言いづらい。今夜、母に事情を説明して、次の診察日を早くしてもらおうか。しかし母がいつ休みを取れるかわからないし、変更できたとして、それまでは祖母に我慢を強いることになる。

亮平はう一ん、と唸った。

そういった問題を一気に解決できる最善の方法があることに気がついたのだ。いや、もっと前から気づいてはいたが、知らないふりをしていたというのが正確な言い方だ。

亮平はスマートフォンを出してスケジュール表をチェックした。

明日は無理だが、明後日《あさって》の午前中なら都合をつけられる。その時に亮平が祖母をクリニックに連れて行けばいいわけだ。

「そのトレーシングレポートって、いつ出してもらえますか」

催促するようで申し訳ないが、それがあった方が確実だ。

「今日中に作成して、明日の午前中に先生にファックスで送ります」

「ありがとうございます。それなら明後日にもう一度診察に行きます。だから今日はこの薬をキャンセルしてもいいですか」

「わかりました。では処方箋はお返しします。予定が変われば、また持ってきていただいても構いませんし、用がなくなれば破棄していただいて結構です。有効期限は今日も含めて四日間ですので、そこにはご注意くださいね」

あらためてそれを話すと、祖母はほっとした顔をした。

「じゃあ、明日と明後日だけ我慢して、あの薬を飲めばいいんだね」

「そうだよ。飲み忘れた薬が、家にはまだ残っているんだよね」

「うん。あるよ」

「じゃあ、明日と明後日はそれを飲むようにして」

時計を見ると、講義のはじまる時間が迫っていた。

「そうと決まれば帰ろうか」

亮平が声をかけたが、祖母はすぐには腰をあげなかった。

「ちょっとここが痛くてさ」

顔を歪めて、腰のあたりを手でさすっている。

「本当に歳は取るものじゃないよ。体のあちこちが痛みだす」

祖母が愚痴ると、毒島さんは心配そうな顔をした。

「女性の場合、ホルモンの関係で五十歳以後急激に骨量が減少する傾向がありますからね。そうなると脊椎《せきつい》の圧迫骨折のほか、太ももの付け根の骨も折れやすくなるそうです。もしそうなったら自力で歩けなくなる危険もあります。繰り返しになりますが、ご自身の判断でプラリアの注射をやめることだけはしないでくださいね」

「イクラに変えてもらったら、薬だってちゃんと飲みますよ」

ようやく機嫌を直したようで、祖母はにこやかに頷いた。話を聞いていて、亮平はあることに気がついた。

「五十歳以後の女性というと、母もその病気になる可能性があるわけですか」

すると毒島さんはあっさりと答えた。

「いえ、お母さまは心配ないと思いますよ」

「えっ、そうなんですか」

亮平は意外に思った。何か理由があるのだろうか。しかしそれを訊こうとすると、毒島さんはしまったという顔をした。

「すみません。特に根拠のないことでした。今の言葉は忘れてください」

なぜか慌てた様子を見せている。どうしたのだろうかと思ったが、祖母が立ち上がったので、それ以上は訊けなかった。

「そろそろ行かないといけないね。あんた、大学に行くんだろう」

「そうだよ。じゃあ、行こうか」

毒島さんにお礼を言ってから、亮平は祖母を連れて外に出た。

帰り道、別れ際の毒島さんの態度がなんとなく気になった。

母親は、毒島さんには以前お世話になったと言っていた。それは母親が何かの薬を飲んでいるということだ。てっきり風邪《かぜ》か何かの薬だろうと思っていたが、考えてみればそれくらいのことで薬剤師に相談することもないだろう。

最近の母親の疲れた様子が気になった。

母親が重篤な病気にかかっている可能性はあるだろうか、と亮平は考えた。

母親はその治療のために薬を処方されている。その薬を服用することが、図らずも骨粗しょう症の予防になっているということはありそうだ。そういえば更年期障害で体が辛いと母親はよく言っている。

歩きながらスマートフォンで調べると、一部のがんの治療を受けていて、更年期障害の症状と似ていることがあるらしい。母がこっそりがんの治療を受けていて、毒島さんにそれを相談したということはありそうだ。毒島さんはそれを言いかけて、しまったと思って、慌てて口をつぐんだのだ。

いや、それはさすがに考えすぎだろう。

そう思おうとしたが、一度頭に浮かんだ疑念はなかなか消えようとしなかった。

とにかく今はするべきことをしよう。亮平は祖母を自宅に連れて帰り、その後に自転車で大学に向かった。

3

仕事を終えたのは午後九時過ぎだった。

ああ、疲れた。

自宅マンションに辿《たど》り着き、エントランスでエレベーターを待つ間、真紀子は思わず呟いた。このところデスクワークが続いて、首や肩の筋肉ががちがちに硬くなっている。そのせいでひどい偏頭痛が出るほどだ。整体にでも行って治療を受けたいが、忙しさのあまりその時間もなかなか取れないでいる。

このまま、どこまで頑張れるだろう。

エレベーターに乗り込みながら、弱気になって考える。離婚した当初こそ、抱えていた重荷を下ろした気分になったが、仕事をしながら子供と老母の面倒を見ることはやっぱり大変だ。今はなんとかこなしているが、先のことを考えると不安しか感じない。

それでも亮平が現役で大学に合格してくれたことは幸いだった。四年間の学費は安くはないが、卒業すれば手が離れる。

やはり問題となるのは母親だった。骨粗しょう症については治療をしているからいいとして、足腰の衰えと認知機能の低下が気になるところだ。処方された薬が嫌だとか、昔はそんなことで文句を言う人ではなかった。医師に言われたことは、生真面目にきちんと守る人だった。それが調剤薬局であの騒ぎを起こした。この先、さらに訳のわからないことを言い出されたらどうしよう。

こんな状態の母を抱えて、どこまで一人で頑張れるだろうかと真紀子は考える。

母の状態がさらに悪くなれば、このままのペースで仕事は続けられない。しかし仕事を減らせば収入も減る。マンションのローンも残っているし、先々のことを考えれば簡単に働く時間は減らせない。さらには自分の体の問題もあるわけだ。考えるほどに暗い気持ちになってくる。

真紀子は重い足を引きずりながら家に辿り着いた。

リビングには亮平がいて、お祖母ちゃんはもう寝たよ、と教えてくれた。

「薬の件はどうだった？」真紀子は気になっていたことを質問した。

「それなんだけど、よくよく話を聞いたら、薬を嫌がるのは副作用のせいだったみたいだよ。それが嫌で薬を飲みたくないって言っていたらしい。それで毒島さんが先生に報告してくれることになった」

毒島さんとのやりとりを亮平が細かく説明してくれた。

「そういうことだったのね。たしかに佐藤先生の評判はよかったのよね。患者さんも高齢者が多くて、みんな先生のことをよく言っていたみたいだし」

高齢者からすると、年配の先生の方が安心できるという側面もあるらしい。

「じゃあ、そのまま先生を変えなければよかったじゃない」

「そういうわけにはいかないわよ。ここから通うと一時間はかかるのよ。この先何があるかわからないし、かかりつけの先生は近場で探すべきなのよ」

かぐらざか総合クリニックに、祖母を連れて行った時のことを真紀子はあらためて思い出す。最初に問診をして、次に血液検査をした。その結果を見たうえで、プラリア皮下注射を継続することに問題はないですね、と院長先生は言ったのだ。

その後で薬を変えるという話になったが、真紀子はよく聞いていなかった。

「専門用語が多くて、よく意味がわからなかったのよ。院長先生のいうことだから、任せておけば間違いないだろうとも思ったし」

変えた薬を祖母が嫌がるとは、その時は想像もしなかったのだ。

「じゃあ、次の診察の時に薬を変えてもらえばいいわけね」

真紀子は今月のおおまかな予定を思い浮かべた。有休を取ることは可能だろうか。

「来週はちょっと無理ね。再来週になっちゃうかな」

「それなんだけど、二ヶ月先は長いから、明後日に俺が連れて行くことにしたよ」亮平はおずおずと言った。

「クリニックに電話をして予約を変えてもらった。お祖母ちゃんのことを考えたら、一日でも早く前の薬に戻した方がいいはずだし、母さんは仕事をなかなか休めないだろうから、俺が連れて行くことにしたよ」

てきぱきと報告する亮平を、真紀子はまじまじと見つめた。

まだ子供だと思っていたが、そこまで家族のことを気遣う行動ができるようになっていたとは思いもしなかったのだ。

「そうしてくれると助かるわ。でも大学は大丈夫なの?」

「講義のない時間を選んだから平気だよ」

返事をする亮平に頼もしさを感じて、やっぱり任せてみるものね、と真紀子はあらためて思った。

実際、今回祖母のことを任せるのは不安だったのだ。薬のことを訊いてくれとは言ったが、そこまでのことは期待してはいなかった。ただ連れて行って、帰ってくるだけになっても仕方がないとも思っていた。それがするべきことをきちんとした上で、その結果を踏まえて、さらに自分で考えて行動をしてくれるとは。

「驚いたわ。そこまでしてくれてありがとう」

真紀子は思わず感謝の言葉を口にした。亮平にそこまでの気持ちを持ったのははじめてかもしれないと思いながら。

「礼には及ばないよ。お祖母ちゃんにも、母さんにもいつまでも元気でいてほしいからね」亮平は照れたように横を向く。

「いいこと言うじゃない。じゃあ、これからも何かあったらお願いね」

一緒にいるとわからないことだが、こういったことがあると子供の成長が実感できて、真紀子は嬉しく思った。おそらく母親冥利につきるとは、こういうことを言うのだろう。

「お祖母ちゃんのことも安心したわ。自分の意思をうまく伝えられなかっただけで、訳のわからない我儘を言っているわけではなかったのね」

高齢者だから認知機能が衰えているという先入観があって、話をちゃんと聞こうとしなかったことを反省した。訴えを真剣に聞いていれば、もっと早く解決できていたかもしれないことだったのだ。

これは毒島さんにも感謝しないといけないな。次に薬をもらいに行く時、何かお礼の品を持って行こうかな。

そんなことを考えていると、

「話は変わるけど、悩みがあるなら相談に乗るからさ」と亮平が遠慮がちに口にした。

「なに？　どういう風の吹きまわし？」突然の言葉に真紀子は目をまるくした。

「今度のことで色々と考えたんだよ。お祖母ちゃんがこんな状態で、もしも母さんが病気になったら、俺もこのままではいられないかなって」

「たしかにそうだけど、でも私は元気よ。あんたが心配するようなことは何もないわ」

「でも最近は朝から疲れているようだし、毒島さんが……」と亮平は口ごもる。

「毒島さんがどうしたの？」真紀子は意味がわからない。

「帰り際の態度が妙だったんだ」と亮平は言った。

「お祖母ちゃんと同じように、母さんにも骨粗しょう症になる可能性があるのかなと俺が言ったら、お母さまは心配ないと思いますよって毒島さんは言ったんだよ」

でも、そのすぐ後で、その言葉を取り消し、忘れてください、と言った。その時の毒島さんが少し慌てたように見えて、それで自分が重い病気にかかって薬を飲んでいるのではないかと心配になったそうだった。

訥々《とつとつ》と語る亮平の様子に、真紀子は思わず噴き出しそうになった。

「馬鹿ね。そんなことないわよ。もしそうだったら、あんたにちゃんと話すわよ」

しかし亮平の顔から心配の色は消えない。祖母のこともあって、疑心暗鬼になっているようだった。いつの間にか成長していたと褒めたばかりだが、こういうところはまだまだ子供だ。

「仕方ないわね。教えるわ。私が飲んでいるのはこれよ」

真紀子はバッグからピルケースを取り出した。

「低用量ピルよ。会社の近くのレディースクリニックで処方してもらっているの」

真紀子は十代の頃から月経前に精神的・肉体的な不調を感じることが多かった。若い頃は誰にも相談できずに、一人で我慢していたが、結婚、出産を経験した後に、さらに症状が酷《ひど》くなった。頭痛、腹痛、倦怠《けんたい》感、眠気、食欲不振、イライラ、気分の落ち込みなどにも悩まされるようになり、このままでは育児や家事、あるいは復職するにも差し支《つか》えると心配になって、レディースクリニックで診察を受けたのだ。するとそれは月経前症候群《PMS》と呼ばれる疾患であり、薬で治療できるとわかった。

低用量ピルには微量のエストロゲンとプロゲステロンが含まれている。服用すると体内のホルモンの状態が妊娠時と同様になり、その結果として、脳が妊娠していると認識して、排卵を抑制するように信号を出すのだ。

服用すると子宮内膜の増殖も抑えるために、月経時に剝《は》がれ落ちる内膜の量が減る。すると含まれている炎症成分のプロスタグランジンが抑えられて、月経時の出血量や痛みが少なくなるという効果もあるそうだ。

低用量ピルの服用をはじめて、それまで感じていた辛さが嘘のように和らいだ。

「それ以来、ずっとこの薬を服用しているの。最近では更年期障害の治療という目的も加わったし」

「じゃあ、どうして毒島さんがしまったという顔をしたんだろう」

「それは薬剤師には患者の個人情報を守る義務があるからよ。家族といえども、みだりに患者の飲んでいる薬を教えてはいけないのよ」

祖母の骨粗しょう症の話の流れの中で、毒島さんはついそれを言ってしまったのだろう。低用量ピルを服用している真紀子は、骨粗しょう症にかかるリスクは低くなる。亮平の心配を和らげるためについ言ってしまったのだろうが、しかしすぐに言ってはいけないことだと気がついた。それで毒島さんはしまったという顔をして、自分の発言を取り消すようなことを言ったのだろう。

「なんだ。それだけだったのか」亮平はようやく安堵の顔を見せた。

「昔から飲んでいたって言ったけど、それなら毒島さんともそんな前から知り合いだったってこと？」

「毒島さんと話をするようになったのは最近よ。これまでは薬をもらうだけだったけど、最近医師に、五十歳を過ぎると低用量ピルは使えなくなると言われたの」

ピルに含まれるエストロゲンには、血を固まりやすくする作用があって、血栓症や心筋梗塞《こうそく》になるリスクがあがるためらしい。

「四十歳を過ぎると心筋梗塞などの血管系の障害が、それまでより起こりやすくなるそうなのね。閉経したり、五十歳以降は使用できないルールになっていますと言われて、今後はホルモン補充療法《HRT》に変更しましょうと言われたのよ」

その話を聞いた時は、わかりました、と言ったが、帰り道に自分で調べているうちに色々と疑問が湧いてきた。それで処方箋を持っていったどうめき薬局で、薬剤師に質問をしたのだ。

「その時の薬剤師が毒島さんだったのね。これまでは薬をもらうだけで会話を交わすことはなかったけれど、その時は私の質問にひとつひとつ丁寧に答えてくれて――」

すぐにはわからないこともあったが、次にいらっしゃる時までに調べておきますね、と毒島さんは言ってくれたのだ。そして次の機会に懇切丁寧に教えてくれた。

その対応に感激した真紀子は、それ以来どうめき薬局に行くたびに毒島さんに担当をお願いしている。そんな経緯があったので、毒島さんが口を滑らせたことに腹を立てることはなかった。逆に彼女の何気ない一言から、色々と想像して、自分の体調を気遣ってくれた息子の心遣いを嬉しく思った。

「じゃあ、母さんの体調を心配することはないんだね」亮平がほっとした声を出す。

「そうね。大丈夫よ」

返事をしながら真紀子はなんだかおかしくなってきた。まさか息子とピルの話をする時が来ようとは。

「そうだ。この際だから、あんたにひとつ訊いておきたいんだけど」

真紀子は昔のことを思い出して、亮平の顔を見すえた。

「あんた、いま交際している女性はいるの？」

「いないよ」亮平はすぐに否定した。どうやら嘘ではないようだ。

「でも、前はいたわよね。高校生の頃、女の子を家に連れて来たことがあるでしょう」

「えっ、何で知っているの？」亮平は本気で驚いた顔をした。

真紀子は呆れた。長い髪の毛をあちこちに落としておいて、それでどうしてバレてないと思うのか。落ちている髪の毛が自分のものか、そうでないかは見ればすぐにわかることなのに。

「いまさらだけど、私の留守に勝手なことをしないでよね。それとそういうことをするなら、ちゃんと避妊はしなさいね。ピルについて知りたいなら、私がちゃんと教えてあげるから」

薬は使い方を間違えれば毒にもなるが、正しく使えばＱＯＬを高める効果が期待できる。低用量ピルを使うことで真紀子は身をもってそれを知った。もちろんすべての問題が解決するわけではない。思いもしなかったリスクを抱えることもある。しかし医師や薬剤師の指示を守れば、そこまで恐れる必要はないことなのだ。

「そんなことはしてないよ。それに今はお祖母ちゃんがいるからここに呼ぶこともできないし」亮平は真っ赤になって言い訳をした。

「今じゃなくてもいいわよ。この先、いつでも相談に乗ってあげるから」

笑いながら真紀子は立ち上がる。

「じゃあ、お風呂に入ってくるから」

亮平に背を向けて、これからは家族でもっと話をする時間を作ろうと思った。

仕事の忙しさを理由にさぼってはダメだ。お互いにコミュニケーションを取り合えば、もっとお互いのことがわかるようになるだろう。

この先の人生は長いのだ。まだ老け込んではいられないと真紀子は気合を入れて考えた。

第四話

用法

誰にも言えない傷の物語

年　月　日

その日、矢倉聡美《やくらさとみ》という女性がどうめき薬局を訪れた。

薬剤師の毒島花織《かおり》を訪ねたのだが、生憎彼女は公休だった。

「娘がお世話になったようで、そのお礼をしたかったのですが」

対応した管理薬剤師の方波見涼子《かたばみりょうこ》に、聡美はそう切り出した。

「娘の雅《みやび》にはアレルギーがあって、一年ほど前から舌下免疫療法をしています。耳鼻科で診察を受けた後、処方箋はこちらに持ってきているので、毒島さんに顔を覚えてもらっていたようです」

名前と症状を聞いて涼子も思い出した。私立の有名女子中学の制服を着た少女に、ダニアレルギーの減感作療法薬を投薬したことがある。

他の患者さんの目があるので、

「移動しましょうか」とパーティションで区切られたカウンターに聡美を誘《いざな》った。

「事の起こりは、雅が右手の手首のあたりに包帯を巻いているのに気づいたことでした。どうしたのかと訊くと、包丁を使っていて手を滑らせたという返事です。その時は深く考えないで、気をつけなさいと言っただけだったのですが」

六年前に交通事故で夫を亡くして以来、聡美は娘と二人で暮らしてきたそうだ。

出版社で編集の仕事をしている聡美は、仕事に追われる毎日を過ごしているため、家事全般は雅に任せきりだったと打ち明けた。

「雅の負担を気にしてはいたのですが、忙しさにかまけてきちんと話をする余裕がなくて。そんな時に気になるネットニュースを見たんです。高校生や中学生の間にリストカットなどの自傷行為が広まっているという内容でした。それを読んで、はっとしました。料理をしていて、手首のあたりを切るというのはおかしいのではないかと思ったんです」

雅は小学生のときから自分で料理をしていたそうだ。

それで聡美はあらためて雅の様子に気を配った。顔色が悪く、どこか体もだるそうだ。このところ不機嫌そうで、なんとなく聡美を避けている風もある。

「雅は中学二年なのですが、入学試験の結果で特待生になって、授業料が全額免除になっています。一人親としてはありがたいことですが、特待生でいるためには成績が上位であることが条件で、成績が落ちればその資格を失います」

二年生のはじめに勉強が難しくなってきたという話をしていたこともあり、もしかしたらそのプレッシャーがあるのかもしれないと聡美は心配をしたそうだ。

「雅は不平不満を自分の中にためこむタイプなもので」

聡美はあらためて雅の様子に気を配ったという。

「三日ほど前のことです。私が深夜に帰宅すると雅はすでに自室で寝ていました。右手にはまだ包帯が巻かれたままです。自分で巻いたためか、緩んで今にもほどけそうでした。巻き直してあげようとあらためて娘の手を見てドキリとしました。指先や手の甲に細長い切り傷がいくつもあるように見えたんです」

暗がりでよく見えなかったが、カッターナイフを当てて無造作に引いたような傷だった。不安になった聡美は、そっと包帯を外して傷の具合を確かめようとした。

「その瞬間、雅が飛び起きて、何をするの、と大声を出したんです。怪我《けが》の具合を見ようとしただけよと言っても、まったく聞いてくれなくて」

傷を見ることもできないままに部屋から追い出されたそうだった。

「心を病んで自分の体を傷つけているのではないか。そんな心配が膨らんで、それで時間を作って雅と話し合うことを決めました」

何があっても怒ったり責めたりしないと心に決めて、ここ最近の変化をあげて、何があったのか話してちょうだいと娘に真剣に向き合ったのだ。

年頃の娘をもつ身として、涼子には聡美の不安がよくわかる。

「それで原因はわかったんですか」

他人事とは思えずに涼子は訊いた。

「はい」聡美は恥ずかしそうに頷いた。

「猫でした。自宅の近所に神社があるんです。そこが地域猫のたまり場になっていて、雅が通りかかった時に人慣れした一匹がつきまとってきたらしいんです。撫《な》でてやると喉を鳴らして喜んで、それ以来、足を運んで猫をかまうようになったという話です」

しかし、その日は他の猫と喧嘩《けんか》しているところに遭遇してしまった。慌てて止めようとして、興奮した猫に咬《か》まれてしまい、傷を負ったということだ。

包帯で隠していたのは猫の咬み傷だったのだ。

普通なら、自傷でなくてよかったと安堵するところだろう。

しかし薬剤師である涼子は別の心配をした。

猫の歯は鋭くて長いので、咬まれると細菌が筋肉の奥まで到達しやすい。軽症なら腫脹《しゅちょう》や疼痛《とうつう》で済むが、最悪の場合は敗血症を引き起こす危険もある。過去には地域猫に餌をあげていた女性が咬まれて、直後の治療を怠り、そのまま体調を崩して、最終的には亡くなった事案もあったはずだった。

動物に咬まれたときは、何をおいても医師の治療を受ける必要があるわけだ。それが野生の生き物ならなおさらだ。そこまで考えを巡らして、気がついた。

「もしかして毒島がそれに気づいたということですか」

「そうなんです」聡美は頷いた。

「こちらのはす向かいに風花《かざはな》という喫茶店がありますよね。雅はそこのナポリタンが好きで、試験休みだったので、お昼を食べに行ったらしいんですが、たまたま隣に座ったのが休憩中の毒島さんで、雅の包帯を気にして声をかけてくれたらしいんです」

雅は驚いたようだが、薬を出してくれている薬剤師だと気づいて安心したらしい。傷の治りが悪いことや、その後に微熱が続いていることを不安にも思っていたようで、猫に咬まれて怪我をしたことや、痛みが引かずに家にあった鎮痛剤を飲んでいることを毒島に打ち明けたのだ。

「話を聞いた毒島さんは、すぐに病院に行くように言ってくれたそうです。中学生なら保険証と医療証を持参すればお金はかからないからと家に取りに行くように言ってくれたとのことでした」

近くの皮膚科のクリニックに予約を取って、終わったら処方箋はウチの薬局に持ってきなさいと言い添えたそうだった。

動物の咬症《こうしょう》治療には抗菌薬が不可欠だ。しかし自己判断で服用を中止すると、かえって悪化することがある。猫の咬み傷を軽く見ていた雅を心配して、毒島は自ら服薬指導をしようとしたのだろう、と涼子は思った。

「そんなことが今から五日前にあったようで、病院にかかったことでようやく痛みも治まり、楽になってきたとのことでした」

東京都には医療費の助成制度があるから、病院や薬局で費用がかからないことは雅も知っていた。しかし通知が来るので、知られることになるかと思って、病院に行くのを我慢していたそうだった。

中学生になっていながら、まだまだ考え方は子供で恥ずかしい限りです、と聡美は恐縮したように頭を下げた。

「そんなことはないですよ。私も薬を渡したことがありますが、とても聡明そうなお嬢様に見えました。今回のことはお母さまに余計な心配をかけたくなくて、黙っていたのではないですか」

涼子は取りなすように言ったが、聡美は苦笑いをするようにかぶりをふった。

「私に心配をかけたくないという気持ちもあったかもしれませんが、本当に心配したのは猫のことなんです」

「猫ですか」

「今回の話を聞いて、雅が小学生の頃に猫を飼いたいと言っていたのをあらためて思い出しました。でも私は仕事が忙しくて、生き物を世話する自信がなかったので」

雅はダニや花粉のアレルギーがあったため、それを口実に断ったそうだった。

「それを雅はずっと気にしていたみたいです。中学生になって舌下免疫療法をしたいと言い出したのも、それが原因だったらしいです」

アレルギーが治れば猫を飼えると思ったのだ。

「だけど地域猫に咬まれて怪我をしたことを私に言えば、それを口実にまた反対されるだろうと思ったようで、それで病院に行くことはもちろん、私に話をすることもためらっていたようです」

いつまでたっても考え方が子供で本当に嫌になります、と聡美は同じ台詞を繰り返した。

母親からすればたしかにそうだろうが彼女はそこまでしてでも猫を飼いたかったということでもあるのだ。

涼子がそれを言うと、そうですね、と聡美は頷いた。

「仕事にかまけて娘の気持ちをないがしろにしてばかりのダメな母親だと反省しました。舌下免疫療法のお陰でダニアレルギーもよくなってきたので、あらためて猫を飼うことを考えてみようと思います」

毒島さんにはあらためてお礼に参ります、と聡美は言った。

「とりあえず今日はこちらをお納めください」聡美は菓子折りを差し出した。

「毒島さんのご都合に合わせてお伺いできればよかったのですが、今週はどうしても今日以外都合がつかなかったので」聡美は申し訳なさそうに頭を下げた。

「患者さんの健康状態のフォローアップも薬剤師の仕事の一環ですから、どうかお気になさらずに」

大事にならなくて何よりでしたと涼子はにこやかに笑って、菓子折りを受け取った。

翌朝、始業前の更衣室で涼子は毒島に菓子折りを渡して、昨日聡美が来たことを伝えた。確認すると聡美の話したことは概《おおむ》ね正しいようだった。ただひとつ、雅が猫に咬まれた本当の理由を隠したことを除いては。

「どういうこと？　猫の喧嘩をとめようとしたんじゃなかったの？」

「雅さんはダニを原料とするエキスから作られた薬を服用していました。でもそれは猫アレルギーを治す薬ではありません」

「それは仕方ないわ。猫アレルギー用の舌下錠はないもの」

舌下免疫療法は、原因となる物質を体内に少しずつ取り入れて、体を徐々に慣らして抗体を作る療法だ。スギ花粉症用のシダキュアと、ダニやハウスダスト用のミティキュア、アシテアが一般的に使われている。猫アレルギーに直接の効果はないが、もしかしたらという期待をもって治療を行う患者さんもいるようだ。

「雅さんもそうだったのですが、それ以外にも、自分でアレルギーを治す方法を色々調べて、猫の唾液に含まれる成分が猫アレルギーの原因になっている可能性があるという記事をネットで見たようなんです」

それを舌下免疫療法の仕組みと照らし合わせて、猫の唾液を摂取すれば猫アレルギーが改善するかもしれないと考えたらしいのだ。

「猫にソーセージを与えて、半分食べたところで取り上げようとしたんです」

それで猫が怒って、雅の手首に咬みついたということだった。

「唾液って、どうしてそんな馬鹿なこと」

涼子は絶句した。あまりに短絡的な行動だ。有名中学の特待生になるほど成績優秀な子なのに、どうしてそんな馬鹿なことを考えたのだろう。

舌下免疫療法はアレルギー物質を体内に取り入れる療法なので、口や喉、耳のかゆみや頭痛などの副作用が起こることもあれば、アナフィラキシーショックなどの症状が起きることもある。

だから治療をはじめるに当たっては、所定の講習を受けた医師の診察が必要とされている。アレルギーの原因となる物質を取り込めば、アレルギーが治るという単純な理屈は通用しないのだ。

「猫飼いたさに短絡的な思考に陥っていたのでしょう。生半可な知識で医療行為の真似事をすると取り返しのつかないことになると、薬を渡す時に言っておきました」

学校の成績がどれだけ優秀でも、中学生はまだ子供なのだ。猫に咬まれて傷を負ったことを母親に知られれば、飼うことをまた反対されると思い、病院にも行かず、頑《かたく》なに隠そうとしたらしい。

「大事にならなくてよかったけど、でもよくそこまで話を聞き出せたわね」

「私も猫のアレルギーがあるんです。それで子供の頃に同じようなことを考えたことがありました。それを話したら親近感をもったのか、素直に打ち明けてくれました」

「同じようなことって、何をしようとしたの？」

涼子は質問したが毒島は答えなかった。

「いつか猫アレルギーを治療する舌下錠ができるといいですね。どこかの製薬会社が作ってくれるといいんですが」

そう言いながら菓子折りの包みをあけて、

「美味しそうなクッキーですね。後でみんなでいただきましょう」と微笑んだ。

第五話

用法

処方箋と闇バイト

年　月　日

1

「あれ、これってもしかして」

宮川尚美《みやがわなおみ》は、その処方箋を見て手を止めた。

医師の印鑑が気になったのだ。掠《かす》れや滲みの色合いがどこか不自然だ。処方箋を裏返して照明に当ててみる。本物ならうっすら印鑑が見えるはずだがこれは白一色だ。

尚美はショックを受けて唇を噛んだ。

彼女はどうめき薬局の医療事務員だった。

夕方の混雑に備えて、これまでに処理した処方箋を整理していて気づいたのだ。

女性の名前が記された処方箋だった。年齢は四十七歳となっている。ただし持って来たのは本人ではない。帽子とマスクで顔はわからなかったが、おそらく十代半ばくらいの少女だろう。家族が代理で処方箋を持ってくるのは珍しいことではないので、特に気にすることなく受け取ったが、こうなってみるともっと注意深く確認するべきだったと悔やむ気持ちにもなってくる。

処方された薬は睡眠導入薬だった。

従業員休憩室に掲示されている貼り紙の文言を思い出す。

〈カラーコピーを使った偽造処方箋による医薬品の不正入手が、新宿方面を中心に増えています。調剤薬局のスタッフの方々は注意を払うようにお願いいたします〉

それは薬剤師会からのお知らせだった。

処方箋を複写して医薬品を不正に入手する犯罪行為は昔からあると聞いている。方法としては単純だが、コピー機が高性能になっているため、忙しい時に現場で見破るのは困難だ。コピーすると複写という文字が浮き上がる複写防止用紙を使えば防げる事案ではあるが、普通の用紙に比べて高価であるため、個人経営のクリニックなどでは使われないケースも多いのだ。

それにしても高校生か中学生らしき少女が、こんな不正行為をするなんて。小学生の娘がいる尚美は、その処方箋を見ながら、つい色々なことを考えた。

一緒に持って来た健康保険証は正規のものだった。年齢的に考えれば、処方箋に名前がある女性と母娘と思ってもおかしくはないだろう。睡眠導入剤を常用している患者の中には、手元に多量の薬がないと不安を覚える人もいるという。しかし医師は必要以上の数量の処方箋を出すことは基本的にしないので、カラーコピーした処方箋を娘に渡して薬を多めに手に入れようとしたという可能性はありそうだ。

しかしそこには重大な問題がある。処方箋を偽造・変造したり、それを使って医薬品を入手することは犯罪行為にほかならない。処方箋に疑わしい点がある時は、その処方箋を交付した医師、または歯科医師、獣医師に問い合わせて、疑わしい点を確かめた後でなければ調剤してはならない、と薬剤師法で定められているそうだ。さらに不正な処方箋を発見した時は、保健所や薬剤師会への情報提供とともに、最寄りの警察署に通報することも求められるとも聞かされている。

あの娘の事情もあるけれど、とりあえず自分はするべきことをしなくては。

尚美は、一緒に仕事をしていた薬剤師の毒島さんに報告をした。話を聞いた毒島さんは眉根を寄せて、その処方箋を手に取った。

「受付をしたのは私です。ちょうど患者さんが立て込んでいた時で、細かくチェックをする余裕がなかったんです」

調剤薬局の受付は、処方箋や保険証を預かるだけの簡単な仕事だろうと思われがちだが、実はするべきことはたくさんある。処方箋と健康保険証、医療証などを預かったら、まずは内容をチェックして、記載に不備や不正がないかを確かめる。

処方箋には使用できる期限があるし、さらに医療機関の不備で記入ミスや押印漏れが生じることもあるからだ。健康保険証や医療証も同様で、期限切れや家族内で取り違えて名前が違うことも往々にしてある。

それらのチェックが終わったら、次に処方箋に記載された医薬品の在庫があるかを確認する。調剤薬局で扱う医薬品は千五百種類以上にも及ぶが、そのすべてを在庫として常備してあるわけではないからだ。

基本的には、近隣の病院やクリニックの標榜《ひょうぼう》科目に合わせて、医薬品の品ぞろえは決められる。内科や小児科があるならそこで処方される薬が中心になるわけで、それが皮膚科や耳鼻科になれば扱う薬も変わってくる。

しかしながら医療機関で発行された処方箋は、全国どこの調剤薬局に持ち込んでもいいというルールになっている。だから時にはまったく扱いのない薬の処方箋が持ち込まれることもある。さらに感染症の流行などがあると、頻繁に使用される医薬品が在庫切れになりがちだ。在庫がなければ、入荷するまで待ってもらうか、他の調剤薬局に行ってもらうしかない。ほとんどの患者さんは事情を説明すると納得してくれるが、中には怒り出す人もいて、その対応に時間を取られる。

あの少女がこの処方箋を持って来たのもそんな時だった。

待合室には乳幼児を連れた母親や、足元がおぼつかない高齢者が大勢いて、それ以外の患者さんのためにも、とにかく薬剤師が早く薬を出せるようにしたかった。不正処方箋の持ち込みはそれほど頻繁にある事案ではないし、だから処方箋のチェックにはさほど時間をかけなかった。

しかしそうであっても、気がつかなかったのは自分のミスだ。あのお知らせを読んでいたし、もっと注意深く取り扱うべきことだったのだ。それで頭を下げて謝った。

「見逃してしまってすみませんでした」

しかし即座に毒島さんはかぶりをふった。

「謝らなくていいです。処方箋は薬剤師が常に主体になって確認するものです。これも最終的には監査した薬剤師の責任です。その時に見逃したものを、今の段階でよく気づいたものとも思います。漫然と作業していたら見逃してしまったことでしょう。ここで発見できたのは宮川さんがきちんと仕事をしていたからだと思います」

毒島さんに言われて、尚美は安堵した。しかしそれでも気持ちが晴れることはない。不正な方法で医薬品の受け渡しを見逃したことに違いはないからだ。

「とりあえず交付した医療機関に連絡します」

毒島さんは電話をかけて、あらましを話した。その結果、薬の内容や数量を改竄《かいざん》した形跡はないとわかった。現時点での問題は、カラーコピーらしき処方箋が見つかったということだけだ。それでもこれは見逃すことができない事柄だった。処方箋は医師の指示書であり、患者さんの健康管理に直接的に関わってくるものなのだ。処方箋の内容を正しく理解することが薬剤師の仕事の基本であり、同時に主体だという話も聞いたことがある。

処方箋の変造・偽造は医薬業界において、最も憎むべき不正行為に他ならないのだ。

「明日、管理薬剤師の方波見さんと社長に報告します」毒島さんは言った。

「これを持って来たのが若い女の子だったというのが気になりますね」

「そうなんですよ。てっきり母親の薬を取りにきたのかと思ったんですが」

母親が薬欲しさにカラーコピーを子供に渡した可能性を尚美は口にした。毒島さんはそれを聞いて考え込むような顔をした。

「その可能性もありますが、少女が処方箋をこっそりカラーコピーして、母親の知らないところで薬を入手した可能性もありますね」

「それは自分で睡眠導入剤を使うってことですか」尚美は驚いた。

「その場合もありますし、友人に渡したり、転売目的のこともあるようです」

毒島さんは、百目鬼《どうめき》社長から聞いたという話をしてくれた。

「薬の転売をすれば簡単にお小遣い稼ぎができる、と子供をそそのかすSNSのアカウントがあるようです。そこでは処方箋の変造や偽造のやり方や転売の方法などを事細かに教えているそうで、それを参考にして実際に犯罪行為に手を染める子供もいるようなのです。それで今後は薬局側でも注意してほしいということでした」

百目鬼社長は、過去に麻薬取締官だった経歴をもっている。

退職後に調剤薬局の経営をはじめたそうだが、そのために医薬品に関する不正行為には強い問題意識を持っている。当時の同僚や部下とは今でも連絡を取り合っているそうで、そこで集めた情報を調剤薬局のスタッフにも教えてくれるのだ。

「方波見さんが次のミーティングで話をする予定だったのですが、これは私たちが思っている以上に身近な問題なのかもしれません」

「そうだったんですか」

尚美が思っていた以上に深刻な問題のようだった。

「では警察に知らせることにもなりますか」

処方箋を持ってきた少女のことを思い出して尚美は訊いた。本人はそこまでのことは思ってもいないのだろうなと思うと、胸が痛んだ。

「そのあたりは百目鬼社長の判断になりますね」毒島さんは言った。

「明日、報告をして、さらにこのことをスタッフ全員に周知するようにお願いします。それでなくても忙しいところに、処方箋の確認の徹底という業務が追加されて負担が増えると思いますが、大事なことですのでよろしくお願いしたいと思います」

「わかりました。これまで以上に注意を払います」

大変だがやるしかない。犯罪を未然に防ぐことが大事なのだから。

尚美がそう思ったところで電話が鳴った。

別の仕事をしていた医療事務員が電話を取って対応をしていたが、やがて困った顔で毒島さんに助けを求めた。

「すみません。薬のことで訊きたいことがあるらしいです」

「わかりました。代わります」

「それから外国の方らしく、言葉がカタコトなんです」

毒島さんは眉をあげたが、すぐに電話を代わった。

「お電話代わりました。薬剤師の毒島と申します」

毒島さんはゆっくりと言葉を区切るように喋った。やり取りをしているうちに、その顔が強張り、眉間にしわが刻まれていくのがわかった。毒島さんがそんな表情をするのは、芳しくない状況が発生した時だということを尚美は知っていた。

どうやら何かのトラブルがあったらしい。なぜかはわからないが、仕事上のトラブルはまとまって発生する傾向があるらしい。大丈夫かな。

尚美は思わず手を止めて、毒島さんの電話対応を見守った。

2

中古のロードレーサーを歩道脇に停めると、影山はマンションのエントランスに足を向けた。エレベーターに乗り込んで指定された部屋に向かう。

五〇九号室。表札に記された名前は注文者に間違いなかった。

影山は背負っていたデリバリーバッグをおろすと、中からハンバーガーショップの紙袋を取り出した。玄関脇に置かれたスツールの上にそれを置き、スマートフォンを取り出し、配達完了のボタンをタップする。

タスクはこれで完了だ。時計を見ると午後五時になるところだ。稼ぎ時はこれからだ。夜までにいくつのタスクを稼げるだろうか、と思いながら、階下に下りてロードレーサーにまたがった。

新宿方面に向かって、ペダルを強く踏み込んだ。

甲州《こうしゅう》街道はいつもながらに混んでいる。渋滞する車列の横を慎重に走りながら、翌週にあるミステリ小説新人賞の選考会のことを考えた。

その出版社の新人賞に応募したのはこれで四度目だ。

最初の二回は一次審査の通過も叶わなかったが、三回目は最終選考まで残ることができた。受賞は逃したが、着眼点がよく、ストーリーの運びもスムーズで、何より読んでいて楽しかったという評価を審査員から受けた。しかし人物の造形が典型的で、犯行の動機やトリックに無理があったことから受賞には至らなかったということだ。

後日、編集者から連絡があって、そのあたりの修正がなされれば受賞も夢ではないという言葉をもらった。また次回の応募をお待ちしていますと言われて発奮して、それで書き上げたのが今回最終選考に残った作品だった。

どういう結果になるだろう。

プロットをしっかり組み立て、人物造形も現実味をもたせて作り上げたという自負はある。しかし同時に、自分では気づかない誤謬《ごびゅう》があるような気もしていた。前回も渾身《こんしん》の作だと思って投稿したが、結果としては受賞には至らなかったのだ。自分で書いた作品だからこそ、冷静に判断できない部分もあるわけで、これぱかりは蓋をあけてみなければ、どうなるかわからない。

他のことを考えようとすると、自然と頭に浮かぶのは原木くるみのことだった。くるみとは水尾爽太を通じて知り合った。何事にも物怖《ものお》じせずに、いつも屈託がない明るい笑みを浮かべているところに心を惹かれた。小説はあまり読まないようだが、漫画やアニメが好きで、共通の話題に事欠かないことも好ましかった。

二人で会う機会が何度かあって、その時の態度から彼女も自分に好意を持っているだろうと考えた。それで思い切って交際を申し込んだのだが、期待とうらはらにくるみの反応は芳しくなく、返事は待ってほしいと言われて、すでに二週間が経っている。しまった、早まったか、と後悔しても後の祭りだった。

新人賞の最終選考に残ったことで気が昂《たかぶ》り、後先考えずに突っ走ってしまったのかもしれない。くるみの家には介護が必要な祖母がいることも、そのために海外に英語の勉強に行きたい希望を保留していることも知っていた。それでも自分に気があるなら、もっと前向きな反応をしてくれただろう。はっきりと断れば関係が悪くなる。友達としての関係までは断ち切りたくないから、答えを待ってくれと言ったのだろうと影山は想像した。

これで新人賞も落選したらどん底の精神状態になりそうだ。影山は怖くなり、フードデリバリーのバイトに精を出すことに決めた。くるみのことはともかく、小説は落選してもまた応募すればいい。金を稼ぐことは大切だし、運がよければ次の小説のネタが拾えるかもしれない。そう考えて、選考会の日までフルで働くつもりだった。

よし。次に行くぞ。

影山はスマートフォンのアプリを起動させると、ペダルを漕《こ》ぐ足に力を込めた。

3

海野千夏《うみのちなつ》は思い切って足を踏み出した。

よし、今度こそ。

しかし、いざとなると心がくじけて、そのマンションの前を通り過ぎた。

十メートルほど歩いた後で、ふうっと息をついて、そっと後ろを振り返る。

新宿の歌舞伎町《かぶきちょう》にほど近い、荒《すさ》んだ雰囲気が漂う路地だった。狭い通り沿いに古いビルが立ち並び、道端にはペットボトルや空き缶、煙草《たばこ》の吸殻が吹きだまっている。

千夏はスマートフォンの地図アプリを使って住所を確かめた。指定の場所はそのマンションで間違いなかった。七階に目的の部屋があるはずだ。しかし一人で行くには、かなりの勇気が必要となりそうだ

やめようかな、と千夏は考えた。

だけどせっかくここまで来たのだからという気持ちも捨てきれない。見かけはどこにでもありそうなマンションだった。周辺の環境に難はありそうだが、足を踏み入れるのが危険な場所ということはないだろう。

先ほどは買い物帰りらしい老夫婦がエントランスに入っていくのを見た。オートロックではないようだし、ちらっと覗いた限りでは管理人がいる様子も見られない。エントランスを通って、エレベーターに乗って、七階にあがって目的の部屋のインターホンを押せばいいだけだ。

だがそれだけのことが千夏には難題だった。

ため息をついて歩き出すと、大通りに出て、あてもないまま人混みを歩いた。クリスマスが近いせいか、街中は買い物客であふれていた。しかし受験を控えた千夏には関係のないことだ。楽しそうな人々の顔を目にすることに苦痛を感じて、千夏はまたマンションの前に戻った。

すでに日は暮れている。門限を考えるといつまでもぐずぐずしてはいられない。

よし——行こう。

自分を叱咤《しった》するが、しかし最初の一歩が踏み出せない。

今日はやめて、次の機会にしようかな。

弱気になってそんなことを考える。

その時、ブーツの踵《かかと》が歩道を打つコツコツと甲高い音がした。白いコートを着て、黒縁の眼鏡をかけた、髪の長い女性が歩いてくる。千夏はそっと窺《うかが》った。

三十歳くらいだろうか。化粧やファッションに派手なところはない。

もしかして自分と同じ目的で来たのかな。

確証もないのに千夏はそんなことを考える。女性はためらうことなく、まっすぐマンションに入っていった。それを見て千夏は覚悟を決めた。

その女性を追いかけるように、マンションに向かって歩き出した。

4

次の配達先は東中野《ひがしなかの》のマンションだった。

住宅地にある何の変哲もないマンションだったが、エレベーターに乗った時、ここには以前来たことがあると気がついた。注文者の部屋番号と名前にも憶《おぼ》えがある。一ヶ月ほど前、中華料理を届けた部屋だ。

部屋にいたのは四十歳くらいのがっしりした体格の男性だった。タンクトップを着て、胸から首筋にかけて刺青《いれずみ》が入っているのが見えたことに緊張したが、注文された品物を渡すと、おう、ありがとな、と大きな声で礼を言われた。

今回の注文はピザだった。

部屋のインターホンを押すと、すぐにドアがあいた。前回と同じ刺青の男が顔を出す。

「早かったな。もっとかかると思ったが」

品物を受け取りながら男が言った。

「この時間は道だって混んでいるだろう」

「車は渋滞していますが、自分は自転車なのでほとんど影響はなかったです」

その返事を聞いて、男がおやっという顔をした。

「あんた、前にも来たことがあったよな」

「はい。一ヶ月ほど前に参りました」

「ふーん。この仕事は長いのか」

「まだ二ヶ月ほどですね」

配達先で立ち話をするのははじめてだった。ほとんどが品物を渡せばそれで終わりだ。しかし男は気安い口調で話しかけてきた。

「あんたたちの仕事は業務委託って聞いたけど本当かい」

「はい。そうです」

会社とは雇用契約は結んでいなかった。だから何かトラブルがあっても自己責任で解決する必要がある。

「じゃあ、就業規則とかもないわけだ」男は少し考えた後で、

「物は相談だが、ちょっと頼まれ事をしてくれないか」

「何ですか」

「知り合いに届け物をしてくれないか。場所は新宿だ。歌舞伎町のそばのマンションだ。もちろんアルバイト料は俺が出す」

影山は一瞬考えた。この後は新宿に戻るつもりだった。フードデリバリーの仕事を受けるには一番効率がいいエリアだからだ。その途中、届け物を預かっても問題はないだろう。ただし気になるのは届け物の内容だ。

「高価なモノを扱うのは無理ですよ」

「それは平気だ。ちょっと待ってくれ」

男は奥に引っ込むと、すぐに小さな紙袋を持って戻ってきた。

「相手は早く欲しいってことなんだ。だけど今は動ける奴がいなくてさ。住所は口で

言うからスマートフォンで検索してくれ」

男に急《せ》かされ、影山はスマートフォンの地図アプリにその住所を入力した。

「ほら、アルバイト代」

男は紙袋と一緒に千円札を三枚、影山の手に押しつけた。

「じゃあ、そういうことでよろしく頼む」

中身を聞く前に、玄関のドアは音を立てて閉められた。一通り話を聞いてから、どうするか決めようと思ったのだが、まさか一方的に押しつけられるとは。

「参ったな」

閉められたマンションのドアを見つめて影山は呟いた。

それから手の中の紙袋に視線を移す。どこにでもあるような茶色の紙袋だった。セロテープで口が閉じてあるので中身はわからない。そっと触ってみると、円筒形のプラスチックの容器のようなものが入っていると思われた。

直径六、七センチ、高さ十五センチ程度の大きさだ。サプリメントが入っているような容器を影山は想像した。持ち上げて耳のそばで振ってみる。音はしなかった。

あの男はいかにも怪しげな風体をしていた。見かけだけで判断してはいけないとは思うが、中身が違法な物である可能性も否定できない。

違法行為をしてまで小説のネタを手に入れたいとは思わないが、あらためてインターホンを押して断ることもしづらかった。

それに、中身が違法な品物であるなら、身元もわからないデリバリーサービスのスタッフに配送を頼むこともないだろうという気もする。

まあ、大丈夫だろう。

どこか釈然としない気持ちを抱えながらも、影山は渡された紙袋をデリバリーバッグにしまって、エレベーターを使って階下に降りた。

5

エントランスは薄暗かった。

天井の蛍光灯が半分以上切れているためだ。

壁や床はくすんだ色をして、エレベーターの扉は大きくへこんだようになっている。

やめようかなと千夏はまた考えた。しかし白いコートの女性は平然とエレベーターを待っている。あの女性の行き先が自分と同じと決まったわけではないが、一人でエレベーターに乗らなくていいと思うと、少しだけほっとした。

せっかく来たんだ。やっぱり行こう。

女性の斜め後ろに立って、エレベーターの到着を一緒に待った。

背負ったリュックに入った薬を持って行けば、身元を確認されることなく、高値で買い取ってもらえるはずだった。

その情報を知ったのはSNSだ。

受験勉強の合間に流れてくるタイムラインを見ていた時、中高生でもできるお奨めのお金儲《もう》けという内容の記事があるのを見つけたのだ。

法律では中学校の卒業前は仕事に就けないと決められている。新聞配達やモデル、俳優などの例外はあるが、それをするには保護者の許可が必要だ。しかし親に知られず、こっそりお金を稼ぐ方法があるそうだ。

『中高生でも手軽にお金を稼げる方法を教えます！　知りたかったらクリックしてね』と絵文字つきのリンクが貼ってあった。

千夏はそれを読んで心を惹かれた。

親からもらうお小遣いだけでは足りないと常々思っていたからだ。欲しい物はたくさんあった。化粧品、洋服、靴、アクセサリーなど。ダウンロードしたい音楽やゲームもいくつもあるし、動画配信への投げ銭などもしてみたかった。しかし受験生の身では、そういったことをできるはずもなく、ひたすら我慢して毎日を送っている。

気分転換に見るだけなら問題ないだろう。

千夏はリンクを押した。そこには手軽なお金稼ぎとして、様々なアルバイトの情報が載っていた。しかし内容は動画配信や編集、ウェブライター、アフィリエイター、アンケートのモニター、フリマアプリでの転売などが主で、千夏がすぐにできるようなものはない。

　やっぱり無理だよね、と思ったが、最後に〈閲覧注意〉という項目があるのを見つけた。条件付きながら効率よく稼げる方法をあげているそうだ。

　とりあえずそこにも目を通した。

すると医薬品の転売という項目を見つけた。誰にでもできる方法ではないが、条件に合った人間が身近にいれば可能な方法とのことだった。

千夏はそれを読んで驚いた。自分はその条件に当てはまるのだ。

千夏は二度三度と記事を読み込んだ。

間違いなかった。自分はそれを行える。それを知った時、自分が特別だと言われたような気になった。他の誰にもできないことを自分だけができるのだ。

それは親に知られることなく、時間や手間をかけずにお金を稼げる方法だった。

ただし、やるとなったら怪しげな場所に足を踏み入れる必要がある。問題があるとしたらそれだけだ。友達に頼んでそこに一緒に行ってもらうことを考えたが、学校の友達には話しづらかった。千夏の友達には真面目な子しかいないのだ。おそらく協力してくれる子はいない。やるのなら一人でやるしかないだろう。

でも自分一人でできるだろうか。

それからしばらくの間、千夏は思い悩んだ。ある意味、その時間が一番楽しかったかもしれない。そのことを考えるだけでわくわくしていたのだから。

しかし十二月になり、受験の日時が近づくにつれて、千夏は強いストレスを感じるようになってきた。思うように成績があがらず、通っている塾でも講師にはっぱをかけられることが多くなったのだ。勉強の合間にスマートフォンを見る時間が多くなり、そのたびにブックマークをつけたお金儲けの方法が書かれたページを読み込んだ。

そのうちに受験が終わった後に自分にご褒美を贈りたいと思う気持ちが湧いてきた。今それをしておけば、受験が終わった後でお金を好きに使うことができるのだ。

それは抗《あらが》うことが難しい誘惑だった。さんざん悩んだ末に、千夏はそれをすることを決めた。それで今日このマンションに来たというわけだ。

チーンと音がして、エレベーターが一階に下りてきた。

ガタンと音を立てて扉が開く。エレベーターはかなり古いようだった。千夏は乗り込むのを一瞬躊躇した。しかし先に乗った白いコートの女性が、入口の横で開ボタンを押して待ってくれている。千夏は頭をさげて、足を踏み入れた。エレベーターの奥まで進んだが、その女性は開ボタンから手を離さない。

すると後から男性が乗り込んできた。

フードデリバリーのロゴが入ったバックパックを背負った若い男性だ。

「ありがとうございます」

男性はバックパックを下ろして、両手で胸の前で抱えた。エレベーターは狭く、三人が乗ると荷物もあってほぼいっぱいの状態だ。男性は壁面のパネルに手を伸ばして七階のボタンを押した。

そうだった。緊張して、降りる階数のボタンを押し忘れていた。するとこの男性も一緒の階に行くわけか。

あらためてパネルを見ると、六階のボタンに明かりがついている。白いコートの女性が押したのだろう。やはり千夏とは目的が違うのだ。

千夏はがっかりしたような、ほっとしたような気持ちになった。

エレベーターの扉がノロノロとしまり、ガタンと音がして動き出した。なんだか頼りのないエレベーターだ。途中で止まらないだろうかと心配になってくる。

二階、三階と上昇したところで、ガタンと音がしてエレベーターが揺れた。

なんだろうと思う間もなく、さらに大きくエレベーターは揺れて、耳ざわりな警報音が鳴り出した。そしてエレベーターが停止した。

6

あれ、変だな。

そう思った瞬間、ぐらりと揺れてエレベーターが停止した。

影山はもちろん、同乗していた二人の女性――黒縁の眼鏡をかけて、白いコートを着た会社員風の女性と、ダッフルコートを着て、毛糸の帽子を目深にかぶり、マフラーを首から口元に巻いた女性も不安そうにあたりを見まわしている。

地震のようだ。

影山はポケットからスマートフォンを取り出した。しかし電波状態が悪くて繋がらない。防音効果をあげるために、エレベーター周辺のコンクリートは特に厚くしていて、その影響で電波が届きにくくなっているという話を聞いたことがある。

影山は手を伸ばして、パネルの非常呼出と書かれたボタンを押した。

エレベーターの管理会社に繋がるはずだが、何度押しても応答はない。

もしも大きな地震だったならば、あちこちでエレベーターが止まって、手がまわらないのかもしれない。

「これは時間がかかるかもしれないですね」

影山がそんな想像を口にすると、

「えー、そんな」とダッフルコートを着た女性が悲鳴をあげた。

帽子とマフラーのせいでよくわからないが、声と喋り方からするとまだ若そうだ。

高校生あるいは中学生かもしれない。

「どうしよう。七時には帰らないといけないのに」

「大きな地震だったら、電車やバスも止まっているかもしれませんよ」

脅かすつもりはなかったが、もしもの場合を想像して影山は言った。

「家は歩いて帰れる距離ですか」

「いいえ」少女は力なく呟いた。

「地下鉄で三十分くらいです」

「それなら慌てても仕方ないですよ。今はとにかく連絡がつくのを待ちましょう」

少女は泣きそうになって自分のスマートフォンを操作しはじめた。しかしネットには繋がらない。繋がらない理由を影山が説明すると、そんなあ、と口にして、さらに落ち込んだ顔になった。

「あなたは大丈夫なんですか」

白いコートの女性が影山に訊いた。

「僕ですか？」すぐには意味がわからなかった。

「それを届けなければいけないんじゃないですか」

女性はデリバリーバッグに目をやった。

ああ、そうだった。フードデリバリーなら到着の遅れはクレームに繋がるだろう。

しかし今はそうじゃない。

「たぶん平気です。こんな事態だし、先方もわかってくれると思います」

事情を説明するわけにもいかないので、言葉を濁して、デリバリーバッグを持ち直した。

その時、パネルのスピーカーから声がした。

『遅くなって申し訳ございません。どなたかいらっしゃいますか』

影山は急いで応答した。

「はい。います」

『そこには何人いらっしゃいますか』

「三人です。男性一人と女性が二人」

『体調はいかがでしょう。お怪我をされている方や、ご気分のすぐれない方はいらっしゃいますか』

影山は二人の女性の顔を見た。二人とも大丈夫だというように頷いた。

「体調に問題はないようです」

『了解しました。エレベーターを動かすには、作業員がそちらに行く必要があります。しかし地震の影響で他にも止まっているエレベーターがあって、順番にお伺いしますので、申し訳ございませんが、もうしばらく我慢してください』

やはり地震があったのだ。

「ここではわからないんですが、大きな地震だったのですか」

『東京は震度4とニュースでは言っています。点検のために交通機関は止まっているようですが、現時点においては大きな被害は確認されてないようです』

それを聞いてとりあえず安堵した。

「わかりました。よろしくお願いします」

通話を終えて影山は、あらためて二人の女性に目をやった。

少女は泣きべそをかいているようで、うつむいて鼻をグズグズいわせている。白いコートの女性が少女の肩に手を置いて、大丈夫ですよ、救助は必ず来るので心を落ち着けて待ちましょう、と声をかけている。しかし少女の気持ちは落ち着かないようで、ついには床にぺたんと腰を下ろして、本格的に泣き出した。

「落ち着いて。気持ちを楽にして、ゆっくり呼吸をしてください。そうしないと過呼吸になりますよ」

しゃくりあげる少女の横に寄り添いながら、背中をそっとさすっている。

その横顔を見て、見覚えがあるな、と影山は思った。

誰だろう。記憶を探り、やがて影山は思い出した。

「あの、もしかして」影山はためらいがちに声をかけた。

「毒島さんじゃないですか」

「はい。そうですが」

その女性――毒島さんは驚いた様子で影山を見た。

彼女は影山のことを覚えていないようだった。影山は過去に二度、毒島さんと会ったことがある。最初は神楽坂の居酒屋、二度目は早稲田《わせだ》の雀荘だった。

居酒屋では、当時のアルバイト先の先輩に絡まれているのを毒島さんが助けてくれたのだ。雀荘での出会いは、当時常連客だった馬場さんの引き合わせによるものだ。

水尾さんを加えた四人で麻雀を打って、それをきっかけに水尾さんと親しくなって、その繋がりで原木さんと知り合ったという経緯もある。

「影山です。以前二度ほど会ったことがあるんですが」

「ああ、あの時の」

毒島さんは驚いたように影山を見た。

「雀荘に勤めていた方ですよね。お久しぶりです。でも奇遇ですね。こんな場所で会うなんて」

毒島さんは、影山が持っているデリバリーバッグに目をやった。

「新型コロナの影響もあって、雀荘が閉店になったんです。その後はアルバイトを転々として、今はこの仕事をしています」

「なるほど、そういうことですか」毒島さんは納得したように頷いた。

「でも、まさか地震でエレベーターに閉じ込められるとは思いませんでした」

いつになったら出られるのかわからないのは困りますね、と言いかけて口をつぐんだ。ようやく泣き終えようとしている少女の不安を煽《あお》るような言葉は慎む方がいい。

「毒島さんはどうしてここにいるんですか？　薬剤師さんですよね」影山は話題を変えた。

「ちょっと用事がありまして」毒島さんは言葉を濁した。

余計な質問のようだった。

「すみません。変なことを言いました」

「いいえ。謝る必要はありませんよ」

毒島さんはそう言ってくれたが、それ以上会話は続かず、なんとなく気まずい空気になった。やっぱり声をかけるべきではなかったかな。影山が少し後悔していると、

「薬剤師さんなんですか」とふいに少女の声がした。

7

地震のせいでエレベーターに閉じ込められて、いつ救助が来るかわからない。なけなしの勇気を振り絞って、ここまで来たのにこんなことになるなんて。どうしようという焦りと、こんなところに来なければよかったという後悔が頭の中をぐるぐる回り、他のことはまるで考えられない。涙があふれ出てきて、パニックになりそうだった。だからフードデリバリーの男性と、白いコートの女性が話をはじめても、その内容に興味は覚えなかった。しかし白いコートの女性が毒島という苗字とわかり、さらに薬剤師をしているとわかって、何かが頭に閃《ひらめ》いた。

「薬剤師さんなんですか」

何を考えるわけでもなく、千夏は思わず言っていた。

「はい。そうです」

毒島さんが千夏のことを見る。優しそうな女性だと思った。

「薬剤師って、薬局とかにいる人ですよね」続けて訊いた。

「そうですね。医薬品を取り扱う仕事なので、病院やドラッグストアにもいますけど」

「それは薬の転売などにも関わる仕事なんですか」

そう口にした瞬間、千夏はしまったと思った。

毒島さんの顔が強張り、千夏に向ける視線がきつくなったからだ。

「そういったことには関わらないですね。薬の転売は法律で禁止されていますから」

強く否定されて、さらに焦った。

「変なことを言ってすみません」

慌てて言ったが、毒島さんは千夏の顔から視線を外さない。

「もしかして、あなたは薬を転売するためにここに来たのですか」

ずばりと言われて固まった。

「ち、違います。友達がこのマンションにいるんです」

声が上ずり、いかにも嘘っぽい返事になった。

「さっきは帰る時間を気にしていたようだけど、お友達と会ってもすぐに帰るつもりでいたのかしら」

矛盾を指摘されて頭が真っ白になった。

「と、届け物があるんです」

暖房も効いていないエレベーターの中なのに、頭がぼうっとして、顔が上気する。

「あなた、十代だと思うけれど、もしかして中学生かしら?」

千夏は口を閉ざした。これ以上、余計なことは言わない方がいいと思ったのだ。

すると毒島さんは首を曲げて、フードデリバリーの男性に声をかけた。

「影山さん。大変申し訳ないのですが、ここからの話は聞かないようにしてもらえませんか」

「えっ、はい」

声をかけられて驚いたようだが、影山という男性は何かを察したように、ポケットからコードレスイヤホンを取り出し、それを両耳にはめて、デリバリーバッグを床に置いた。そしてスマートフォンを持って、こちらに背中を向けた。

何をしているかは見えないが、おそらくダウンロードしてあるゲームでもはじめたのだろうと千夏は思った。

「ありがとうございます」

毒島さんが千夏に目を向ける。

これで邪魔者はいなくなったということか。

問い詰められても黙っていようと千夏は身構えたが、毒島さんは意外にも表情を柔らかくした。

「私、このマンションに来るのは三度目なんだけど、これまでにもあなたぐらいの年頃の子がエントランスを出たり入ったりするのをよく見かけていたの。気にはなっていたんだけど、声をかけるタイミングがなかなかつかめなくて。でも今日はこんなことになったので思い切って声をかけてみたというわけよ」

「私、悪いことはしていません」千夏はそれだけを口にした。

「怒るつもりで声をかけたわけじゃなくて、私はあなたを心配しているの」毒島さんはさらに穏やかに言葉を続けた。

「このマンションの七階に怪しい部屋があるっていう噂を聞いたのよ。そこに薬を持っていくと高く買い取ってくれるということで、十代の子たちが入れ替わり立ち代わり訪れているという噂なんだけど」

あなたは聞いたことがある？　と訊かれて千夏は黙り込んだ。

もちろん知っている。知っているから、ここを訪れたのだ。

千夏は唇を噛んで下を向いた。これ以上、余計なことは言いたくない。

「この状況でこんな話をするのはあなたに申し訳ない気もするけれど、大事なことだからよく聞いてほしいの」

そして毒島さんは話をはじめた。

「子供にもできるお金儲けを教えているアカウントがＳＮＳにあって、そこで医薬品の転売を勧めているという話をある人から聞いたの。そこには処方箋をカラーコピーして、調剤薬局に持って行く方法が載っているそうね。あなたはそれを知っている？　知っているからここに来たと私は思ったのだけど、それは間違っているかしら」

それを聞いて千夏は、ぞっとした。

この人はやっぱりあのアカウントを知っている。

千夏はうつむいたまま、そこに書かれていた方法を思い出した。

〈これは家族や知り合いに向精神薬や睡眠薬を服用している人お勧めの方法です。まずは気づかれないように処方箋を手に入れて、それをカラーコピーに取りましょう。次に健康保険証や医療証と一緒に調剤薬局に持って行きます。頼まれてきたと言えば、怪しまれることなく薬は処方してもらえます。調剤薬局での薬代は自己負担となりますが、後で何倍もの金額で売れるので心配することはありません。注意するのは処方箋の有効期間が四日間ということ。その間なら、カラーコピーを取った枚数だけ薬を手に入れることも可能です。もちろん調剤薬局は一軒ずつ別のところに行ってくださいね。処方箋はどこの調剤薬局に持って行っても構わないので、近所に知り合いが多くて目につくのが嫌な人は、離れた場所に行きましょう〉

薬を買い取ってもらう方法はダイレクトメールで教えると書いてあった。

そこにメッセージを送ると、名前を聞いたことのないチャット・アプリに誘導された。一定時間経過するとログが消える仕組みになっているということで、秘密の話をするのに最適なチャット・アプリだということだ。そこでやり取りを重ねて、月曜日か金曜日の十六時から二十二時の間に、このマンションの七〇五号室に行くように言われたのだ。

毒島さんの話は続いていた。

「先ほども言ったように薬の転売は法律で禁止されているけど、ＳＮＳで情報を知る子供たちはそういったことをあまり意識していないようね。遊び半分の気持ちではじめたことが、次第に深みにはまって、最後は道を踏み外してしまうこともあるという話も耳にしているわ」

余計なお世話と思われるかもしれないけれど、あなたがそういうことをしようとしているなら考え直してくれないかしら、と毒島さんは言った。

それを聞きながら千夏は脱力感に襲われた。

ダメだ。全部ばれている。

毒島さんの話はまだ続きそうだったが、それ以上は聞きたくなかった。もともと軽い気持ちでしようとしたことなのだ。ダメと言われれば、それで終わりで構わない。

「すみません」千夏は素直に謝った。

「私が悪かったです。もうしません」

そして上目遣いに毒島さんの顔を見た。

「お姉さんは警察の人ですか。私は逮捕されますか」

それを聞いて、毒島さんは目を見開いた。

「私はただの薬剤師で、警察とは関係ありません。だから逮捕もしないし、二度と薬の転売をしないと約束してくれれば、それ以上は何もしないです」

それを聞いてほっとした。しかし毒島さんは再び不安を煽るようなことを口にした。

「ただしあなたが薬を入手した経緯は確認させてもらえるかしら。カラーコピーした処方箋を使って薬を手に入れたなら、あなたの保護者に話をする必要がありますから」

それを聞いて千夏は震えあがった。

「やめてください。それはダメ！」

もしもこのことを母親に知られたら、どれだけ怒られるかわからない。

千夏の父親は霞《かすみ》が関《せき》に勤める官僚で、母親は自宅で翻訳の仕事をしている。ともに有名大学を卒業していて、子供の教育にも熱心だった。

千夏には五つ年上の兄がいて、二人とも幼い頃から水泳、ピアノ、リトミック、英会話などの複数の習い事に通わされていた。小学校入学後には、そこに基礎学力の定着を目指す学習教室が加わって、さらに学年があがるとそれらをすべてやめさせられて、有名私立中学に合格することを目的とした学習塾に週五日のペースで通うことを命じられた。

運動も勉強も得意な兄は、どんな習い事に通っても期待以上の成果をあげて、両親を喜ばせたそうだった。その後の受験でも、すべて両親の希望する学校に合格して、今は自慢の息子としてちやほやされている。

しかし千夏はダメだった。運動も勉強も平均を大きく上回ることなく、どこに行っても月並みな結果しか残せなかった。両親の期待をことごとく裏切ることで、千夏は疎《うと》まれ、邪険にされてきた。だから受験は最大のチャンスといえた。両親が名前をあげた学校に合格さえすれば、きっと見直してくれるだろうと思ったのだ。

そう思って、千夏はこの一年勉強を頑張ってきた。しかし受験の時期が近づいても合格率はあまりあがらず、ストレスばかりが溜まって、すべてを投げ出したい気持ちになってきた。SNSであのアカウントを見つけたのはそんな時だった。

これだけ頑張っているんだ。第一志望の学校に合格できなくても、受験が終わったら自分にご褒美を贈りたい。そんなモチベーションがなければ、勉強を続けられないと思ったのだ。しかし両親がそんな気持ちに応えてくれるはずもない。それで自力でなんとかしようと思ったのだ。

ようはちょっとお小遣い稼ぎをしようと思っただけなのだ。それなのにこんなことになるなんて。受験を目前にしてすべてが滅茶苦茶だ。

「ごめんなさい。家族には言わないでください。もうしません。お願いします」

千夏は涙目になりながら何度も謝った。

「可哀想とは思うけれど、言わないわけにはいかないのよ。今はわからなくても、後になれば結局は知られることだから」

説明するからよく聞いて、と毒島さんは静かに言葉を続けた。

「調剤薬局で健康保険証を提示すると、薬代は一般的に三割の自己負担で済むけれど、それはただ安くなっただけではないのよ。国民皆保険という制度があって、七割の薬代は健康保険組合などが負担する仕組みになっているためなの。それは病院なども同様で、自己負担以外の医療費は一ヶ月ごとに精算される仕組みになっている。でも全国に医療機関や調剤薬局はたくさんあるし、健康保険組合だっていくつもある。それぞれが個別に精算をするとすごく大変なことになる。それでそれを取りまとめるために審査支払機関という組織があるのよ」

その組織が医療機関や調剤薬局と健康保険組合の仲介をして、請求書やお金のやり取りをしているそうだった。

「調剤薬局に持ち込まれた処方箋は、レセプトという形式で審査支払機関に送られるんだけど、その時に同じ内容の処方箋が何枚もあったら、どうなると思う？」

医薬品の内容はもちろん、処方をした医療機関名、医師名、日付などがまったく同じ内容の請求があれば、審査支払機関は当然不審に思うだろう。その結果、処方箋を発行した医療機関や、薬を出した調剤薬局、そして処方箋に名前のある被保険者に問い合わせが行くわけで、その結果、誰かが処方箋を複数カラーコピーして、不正に薬を手に入れたことが判明すると毒島さんは説明をした。

「処方箋の偽造・変造は私文書偽造や詐欺に関わる犯罪行為にあたるのよ。場合によっては警察にも連絡が行く可能性だってある」

話を聞いているうちに、千夏は頭がくらくらしてきた。

再び座り込んでしまいそうになるのを、壁に寄りかかってなんとか耐えた。

「実は、今日ウチの薬局でも同じことがあったのよ。カラーコピーを使った処方箋の不正行為。私は見てないんだけど、それを持って来たのは中学生くらいの女の子だという話を聞いて――」

そこまで聞いて、千夏は思わず叫んだ。

「違います！　私じゃないです。私はそんなことはしていません」

「本当に？」

「処方箋をカラーコピーして薬を手に入れる方法は読みました。でも私には処方箋を手にする機会はなかったんです。お母さんは病院に行った帰りに、自分で薬局に寄って薬をもらってくるから」

そうなのだ。その方法は自分には実行できなかった。それは病気の家族の看病や介護をしている人に向けた方法なのだった。〈家族の薬を取りに行く途中にコンビニに寄ってお小遣い稼ぎをする方法〉として紹介されていた。

「じゃあ、あなたはどうやって薬を手に入れたの？」

意外そうな顔をする毒島さんに千夏は言った。

「残薬調整です」

「残薬調整？」毒島さんの顔がまた険しくなる。

「どういうこと？」

「家族が飲み忘れたり、飲み残した薬を買い取ってくれるんです。このマンションの七〇五号室が買取所になっているって聞きました」

それは〈自宅で余っている薬を売ってお小遣い稼ぎをする方法〉として紹介されていた。

それを読んで、これだと千夏は思った。

母親は寝室のクロゼットに睡眠導入剤を溜め込んでいる。過去にうつ病を患ったことがあり、その時にかかった不眠症が辛かったせいで、今でも手元にないと不安でたまらなくなるらしい。酒を飲んで酔った父親がそんなことをぽろっと漏らしたことがあり、千夏はそれを覚えていて、利用したのだ。

「じゃあ、あなたはカラーコピーを使った不正はしていないのね」

毒島さんに厳しい顔で言われて、はい、と千夏は頷いた。

「私が持って来たのは母が飲まずに溜め込んでいた薬です」

「そういうことなのね。不正な処方箋を使わなかったことはとりあえずよかったわ」

毒島さんは固い表情のまま頷いた。

「でも睡眠導入剤の転売は絶対にしてはダメよ。エレベーターが動いたら、そのまま家に持って帰って、元あった場所に戻すこと。そして二度とそれに手をつけないって、私と約束してくれるかしら」

「はい。約束します。こんなことはもうしません」千夏は大きく頷いた。

「わかった。あなたを信用するわ」

毒島さんは言ったが、その声はどこか悩ましげだった。

「それと確認だけど残薬調整って言葉はどこで見たの？　それもSNSに載っていた？」

「載っていません。チャット・アプリで言われました。ここの七〇五号室を教えてくれたのもその人です。〈境界の薬剤師〉というアカウント名を使っていました」

その人が薬剤師を名乗っていたので、この毒島さんという女性も仲間かと思い、つい転売の話をしてしまったのだ。早とちりによる失敗だったが、こうなってみると失敗してよかったとも思った。

今回は余った薬を持ち込んだだけだが、成功していたら次にはカラーコピーを使った不正行為に手を出していたかもしれない。そうなっていたらと思うと、ぞっとした。

そんなことを考えていると、ふいに横から声がした。

「あの、僕も相談していいですか」

顔を向けると、イヤホンをつけた影山がかしこまった表情でこちらを見ていた。

8

ワイヤレスイヤホンをつけても毒島さんと千夏の会話は聞こえていた。

知らないふりを装っていたが、狭いエレベーターの中だ。どうしたって二人の話は聞こえる。漏れ聞こえる会話の内容に次第に興味を覚えて、つい影山は耳をそばだてていた。

それで千夏という少女がここに来た目的がわかったのだが、そうなると影山も黙っていられなくなった。

「相談って、私にですか」毒島さんが怪訝そうな顔になる。

「そうです。実は届け物を頼まれているのは七〇五号室なんです。もしかしたら僕もその問題に巻き込まれているのかもしれません」

「私たちの話を聞いていたんですか」

「すみません。イヤホンをつけても会話が聞こえてしまったもので」

毒島さんは困ったような顔をして、

「わかりました。どういう話ですか」と言った。

影山はここまでの経緯を手短に説明した。

「紙袋の中身は聞いていないのですが、薬の転売の話を聞いて、もしかしたら違法薬物かもしれないと思って、さっきから落ち着かない気持ちでいたんです」

紙袋の外から触っただけですが、中身はプラスチックのボトルのようです、と影山は言った。

「中を確認しないことには、何とも言えないことですね」

毒島さんは困惑した顔をした。そう言われたらその通りだ。やはり中を見るしかないわけか。

勝手に中を見たことがわかれば、後で何を言われるかわからない。しかし毒島さんと千夏の話を聞いた後に知らない顔で届けることはできなかった。これが違法なものであるのなら警察に届ける必要があるだろう。それに刺青の男には、中を見るなとは言われていない。まさか危険物ということはないだろう。

影山は床に置いたデリバリーバッグの蓋をあけると、中から紙袋を取り出した。跡が残らないようにセロテープをそっと剝がす。それから、そっと紙袋の口をあけて中を覗き込んだ。想像した通りプラスチックのボトルが入っていた。

白と水色のラベルに『グルタチオン製剤　タチオン散20％』という文字が印刷されている。医薬品のようだが、容器と中身が違う可能性もある。

影山は紙袋からボトルを取り出し、毒島さんに見せた。

「入っていたのはこれだけですか」

「そのようですね」

「触らせてもらっていいですか」

ボトルを毒島さんに渡した。

「すでに開封されているようですね」

毒島さんがひねると、閉めてあった蓋はくるりとまわった。蓋を取ると、中にはサラサラした白い粉末が入っている。

それを見てヘロインやコカインといった違法薬物を思い浮かべた。覚せい剤はもっとザラザラして、粒子が粗い薬品だったような気がする。現物を見たことはないが、以前小説を書く題材として調べたことがあった。

コカインは、南米原産のコカという植物を原料とした薬物で、ヘロインはケシの実から取れるアヘンを元にした薬物だ。それぞれ白色や無色透明の粉末だったはず。

コカインには神経を興奮させる作用があり、ヘロインには神経を抑制する作用があるそうだ。使用すると強い興奮や陶酔感を得られるが、濫用すると心身に強い影響があり、最悪の場合は死に至ることもあるという。これがそういったものなら、やはり警察に持ち込む必要があるだろう。

「やっぱり違法薬物でしょうか」

こんな頼みは引き受けなければよかったと後悔しながら、影山は声を絞り出す。

「うーん。そうですね」

毒島さんは蓋を閉めてから、ボトルに貼られたラベルをしげしげと見つめた。

「まあ、大丈夫だと思いますよ。おそらくここに書いてある通りの薬でしょう」

毒島さんはボトルのラベルを影山に示した。グルタチオン　バラ100グラムという表示がある。

「たぶんラベル通りのものでしょう。でもタチオンの散剤は珍しいですね。調剤薬局で扱うものは錠剤が多いんですよ。私ははじめて見ました」

毒島さんは興味深そうにボトルを眺めている。

「本当にヘロインとかコカインとかいったものではないのですか」

「専門家ではないので断言はできませんが、おそらくは違うでしょう。これがそういった薬物であれば、とてつもなく高価なモノになるはずです。100グラム入りのボトルにたっぷり入っていますから」

言われてみればその通りだ。

薬物関係の記事を検索していた時、８５０グラムのコカインが二千万円で取引されていたという記事を見たことがある。１００グラム弱なら数百万円になる計算だ。そんな高価なものを、身元もわからないフードデリバリースタッフにはした金で預けるようなことはしないだろう。

これはたかが三千円の手間賃で預けられたモノなのだ。

「そうか。そうですよね」

影山は安堵したが、同時に疑問も湧いてきた。

「でも、それならこの薬は何なのですか。薬の買取りをしているという部屋に、わざわざ届ける価値があるものなんですか」

毒島さんから返されたボトルをあらためて見た。

「可能性はいくつかあります。このグルタチオンは面白い薬なんですよ」

「面白いってどういうことですか」

「グルタチオンはグリシン、グルタミン酸、システインという三つのアミノ酸の化合物《ペプチド》です。もともと人間の細胞内に存在していて、強い抗酸化作用があるとされています」

生物は生きるために体内で代謝を行うが、その副産物として活性酸素が発生するそうだ。活性酸素は体内に侵入したウイルスや細菌を攻撃してくれる。しかし数が多すぎると正常な細胞まで攻撃してしまうというデメリットが生じる。グルタチオンには、その活性酸素を還元して、消去する抗酸化作用があるとされているそうだ。

「豚レバー、牡蠣《かき》、アボカドなどの食品にも含まれていますが、胃腸で分解されてしまうので、効率的に摂取するには内服や点滴が効果的とされています。摂取すると健康維持に繋がり、ひいてはアンチエイジングにも効果があるとも言われているのです」

肌の老化を遅らせて、シミ、そばかす、黒ずみなどを抑えるアンチエイジングの効果が期待できるため、美容系のクリニックなどではグルタチオンの点滴療法を白玉点滴という名称で行っているそうだ。

「それ、知ってます」千夏が横から声を出した。

「ウチのお母さんがやってます。手軽にできて、肌が綺麗になるって自慢そうに言ってました」

「じゃあ、僕はアンチエイジングや美白効果のある薬を届けるように頼まれたわけですか」

影山は拍子抜けした。

「あくまでも効果のひとつです。さっきも言いましたが、グルタチオンはとても面白い薬なんですよ」

「どういうことですか」

「抗酸化作用の他に、解毒作用があるともされています。もともと肝臓に多いこともあり、肝臓の機能を高めて、体に有毒な異物を素早く体外に排出する効果が期待できるそうです。体内の毒素を排出したり、アルコールの代謝を早める効果があるとされているので、二日酔い対策としてお酒を飲む前に摂る方もいるようですよ」

それはたしかに興味深い話だった。

「これを飲めば、僕もお酒が飲めるようになるんですか」

影山はアルコールをまったく受けつけない体質だった。一滴でも飲めば、激しい動悸と頭痛に襲われて、立つことはもちろん、普通に座ってもいられないほどに気分が悪くなってくる。体質なので仕方ないとあきらめて、普段からアルコールを口にしないように注意をしているのだが、それが原因で嫌な思いや窮屈《きゅうくつ》な思いをしたことは何度もあった。

「それは難しいと思います」毒島さんは残念そうに言った。

「影山さんはお酒をほとんど飲めない体質でしたよね。それは体内の酵素の働きが弱いためなので、いくらグルタチオンを摂っても効果は薄いと思います」

過去に毒島さんから聞いた説明を思い出す。体内に入ったアルコールは、酵素の働きによって二段階に代謝される。アルコールに含まれるエタノールは、ＡＤＨという酵素の働きでアセトアルデヒドという物質になり、その後にＡＬＤＨという酵素の働きで酢酸になり水と二酸化炭素に分解されるそうだ。

　そのALDHの働きに個人差があるため――活性型と低活性型・不活性型に分類される――お酒の強い人と弱い人がいるということだった。

「グルタチオンを摂ることで、ALDHの活性が高まるというエビデンスはないと思います。もっともくわしいことは私にもわかりませんので、はっきりしたことを知りたければ、専門家の方に訊くことをお勧めしますが」

　毒島さんがそう言いかけたので、影山は慌ててかぶりをふった。

「いいんです。ちょっとした思いつきですので、気にしないでください。閑話休題。話を元に戻しましょう」

　影山が笑うと、千夏が不思議そうな顔をした。

「閑話休題って何ですか」

　真剣な眼差《まなざ》しで見つめられて、影山は困った。

「深い意味のある言葉じゃないです。話が横道にそれたのを本筋に戻す時に使う言いまわしで、昔の小説によく出てきます。最近の小説にはあまり出てこないかな」

「小説を読むと成績があがるって先生に言われて、図書室で本を借りて読むようにしているけど、そんな言葉は知りませんでした」

「普段はどんな本を読んでいるんですか」

『ハリーポッター』や『赤毛のアン』が好きです。最近読んで面白かったのは『五分後に意外な結末が』のシリーズです。読んでいて、こうだろうと思っていたことが、実は違っていたとわかるのが面白いです」

そこまで言って、はっと気がついたように千夏は口に手を当てた。

「すみません。これも閑話休題ということですね。話の続きをお願いします」

「じゃあ、すると」

影山は気を取り直して、毒島さんに目を向けた。

「このグルタチオンはアンチエイジングや美白に効果があって、二日酔い対策にもなる薬というわけですか」

違法なものではないとわかって安心したが、そんな薬を金を払って届けさせる意味がわからない。

「お酒を飲む機会ができて必要になったということでしょうか。それならドラッグストアで買えばいいように思いますが」

「グルタチオンは医薬品成分なのでサプリメントには使用できません。グルタチオンを天然に含有する酵母を使ったサプリメントはドラッグストアにありますが、それでは物足りないと思っている人が医療用医薬品を欲しがるのだと思います」

医療用医薬品を購入するには、処方箋が必要だということは影山も知っていた。

「ということは、これも処方箋をカラーコピーして不正に入手した薬の可能性があるということですか」

「そうですね」毒島さんは少し首をかしげた。

「まったくないとは言いませんが、その可能性は低いような気もしますね」

「どうしてですか」

「他に手に入れる方法があるからです」

「どんな方法ですか」

しかし毒島さんはその質問には答えずに、

「このグルタチオンは裏社会の人にも人気がある薬なんですよ」と意味ありげな台詞を口にした。

「どういうことですか」

アンチエイジングや美白が裏社会で流行っているということはないだろう。

しかし毒島さんはそれにも返事をしないで、

「影山さんはミステリ小説を書いていらっしゃるそうですね。それならここまでの話を聞いて、どうしてなのかを推理できるのではありませんか」

「推理ですか」

影山は面食らったが、そう言われたらわかりませんとは言いづらい。じっと話を聞いている千夏の手前もあるし、なんとか当ててやろうと、ここまでの毒島さんの話を思い返した。おそらくはアンチエイジングや美白ではなく、解毒作用に関連することなのだろうと見当はついた。肝臓の働きを助けて、毒物を排出する効果がある薬と言っていた。そして二日酔い対策にもなるということは――。

「飲酒運転を逃れるためですか。お酒を飲んで事故を起こして、警察が来る前にこれを飲めばアルコール反応が出ないとか」

「惜しいです。そこまでの即効性はないようです。もっと時間の余裕がある時、藁《わら》にもすがる思いで摂取する人がいるという話です」

それを聞いて、あっと思った。

「違法薬物ですか。覚せい剤とか大麻とか、体に蓄積した薬物の成分を排出させるのにグルタチオンが有効だとか」

「正解です」毒島さんは頷いた。

いわゆるシャブ抜きというヤツだ。違法薬物の所持や使用の嫌疑をかけられても、尿検査で陽性反応が出なければ逮捕されないことがある。だから尿検査までに時間の余裕がある場合、心当たりのある人間は体内に残った薬物成分を排出するため、水や利尿作用のある飲料を大量に飲んだり、サウナに行って汗をかく。

「刑事物や裏社会を扱った小説やドラマで目にすることがありますが、それに加えて肝臓の働きを高める薬を飲むという方法があるわけですね」

必要は発明の母と言うが色々な使い方があるものだ、と影山は感心した。いや、感心してはいけないことかもしれないが。

「ここの七〇五号室の人も、そういう裏の社会の人ってことですか」千夏が恐る恐ると質問した。

「その可能性は高いです。だから二度と関わってはいけませんよ」

「わかりました。二度と来ません」

毒島さんに諭《さと》されて、千夏は慌てて頷いた。

「これが医師に処方された薬なら、僕が七〇五号室に届けるのも違法行為に当たるということですか」

医師が処方した薬を他人に譲渡することは違法という話はきいたことがある。

「それはそうですね。でもこのグルタチオンが医師に処方された薬かどうかはわかりませんが」

「どうしてですか。グルタチオンはドラッグストアでは売ってない薬なんですよね」

「そのあたりの仕組みがちょっと複雑なのですが、このグルタチオンは医師の処方箋がなくても入手できる薬なんですよ」

「どういうことですか」

　そういえばさっき、別の手に入れる方法があるとか言っていた。

「医薬品には、医師の処方箋が必要な『医療用医薬品』と、ドラッグストアで購入できる『OTC医薬品』があります。これは世間一般で知られていることだと思うのですが、実はさらに医療用医薬品は『処方箋医薬品』と『処方箋医薬品以外の医療用医薬品』に分けられるのです」

「何ですか。それ」

　早口言葉のような単語の羅列に噴き出しそうになる。横を見ると千夏も同じような顔をしていた。

「前者は入手するのに医師の処方箋が必要な薬です。しかし後者はそうではありません。このグルタチオンは後者に属する薬なのです」

　でもドラッグストアでは購入できない薬だと言っていた。

「どこで手に入れることができるんですか」

「零売《れいばい》薬局です。『処方箋医薬品以外の医療用医薬品』を扱っています」

　はじめて聞いた。

「数が少ないので一般的な認知度は低いですね。健康保険は使えないので、全額自己負担となりますが、医師の診察を受けずに、薬剤師に直接相談して医薬品を手に入れることができます。もちろん睡眠導入剤や向精神薬などのリスクの高い薬は扱っていませんよ。副作用が少なく、比較的安全な薬——解熱鎮痛剤や胃腸薬、抗アレルギー剤、漢方薬などがそこで扱っている医薬品です」

国内には一万五千品目の医療用医薬品があるそうで、その約半数が『処方箋医薬品以外の医療用医薬品』に該当すると毒島さんは教えてくれた。

「便利ですね。クリニックに行かなくても医療用医薬品を買えるわけですね」

「もちろん制限はありますよ。販売に当たっては、購入者の身元を確認して、購入履歴や薬歴を残すことが義務づけられています。薬剤師が対面で話を聞き、目的や数量が妥当ではないと販売できないという縛りもあります。薬剤師が自分の判断で医薬品を販売するなんて危険だと指摘する医師もいますが、誰がいつどんな医薬品を買ったかの記録が残るわけですから、ドラッグストアよりも安全性が担保されていると私は思います」

ドラッグストアと調剤薬局の中間に位置する薬局というわけか。

「どうめき薬局でもグルタチオンは取り扱っていますが、すべて錠剤です。過去に仕事をした調剤薬局でもそうでした」

調剤薬局の場合、医師の処方があった薬をボトルのままで出すことはあまりないそうだ。だからこのグルタチオンは調剤薬局以外で手に入れたのではないか、と考えたとのことだった。

けですか」

「このグルタチオンが処方された薬でなければ、他人に譲り渡すことに問題はないわ

「厳密に言えばそれもダメです。薬局開設者または医薬品の販売業の許可を受けたものでなければ医薬品を販売、授与してはならないという法律があります。知らないで届けたならその限りではありませんが、それが薬だとわかった時点でダメということになりますね」

そうか。やっぱりダメなのか。

「じゃあ、やっぱり届けない方がいいですかね」

「それについての判断は私にはできかねます。不正に入手した医薬品だという証拠はありませんし、最終的には影山さんが決めることだと思います」

毒島さんに言われて、影山は考え込んだ。

あの刺青の男はアンダーグラウンドの世界の住人で、色々な薬の転売を生業《なりわい》にしているのかもしれない。そこに七〇五号室の住人から注文が入る。

――グルタチオンを大至急くれ。ガサが入りそうなんだ。尿検査をしたらまずいことになる。

――在庫であるのは散剤だけだが、それでもいいか。

――それでいい。すぐに届けてくれないか。

――すぐは無理だな。みんな出払っているんだ。急いでいるなら自分で取りに来い。

――無理だ。監視がついている。金は多めに出すから、なんとか急ぎで届けてくれないか。

――そう言われてもな。まあ、とりあえず方法を考えてみるよ。

――なんでもいいから、急ぎで頼む。

たまたまそんなやり取りがあったところに、自分がフードデリバリーで訪れたのかもしれないと。

「ちなみにですが、このグルタチオンっていくらぐらいのものなんですか」

「たしか薬価で1グラム三十円しなかったと思います」

毒島さんはそらで答えた。

それならこのボトルで三千円ほどということか。それ以上で売れば、手間賃を差し引いても儲けは出る計算だ。

さて、どうしよう。

影山は考え込んだ。手間賃をもらった以上は届けないといけないとは思うが、それでも法律に反する行為は避けたいところだ。

影山が悩んでいると、毒島さんがさらりと言った。

「ネットの情報をはじめ、最近はマンガや小説などでも名前が出てきて、知名度はあがっているのですが、実際のところ、グルタチオンを飲んで体内の違法薬物が早く排泄されるというエビデンスはないんですよ」

「そうなんですか」

「そんな臨床試験はできないですからね。肝臓の代謝を助けるから、そういう効果があるだろうと推測されているだけの話です。体の中にもともと存在するアミノ酸の化合物で、昔から使われている薬ですけれど、そもそもの話、作用機序もはっきりしていないということもありますし」

「作用機序もはっきりしていないって、どういうことですか」

「どうして薬が効くのか仕組みがわかっていないということです」

毒島さんはあっさりと言った。

「すべての医薬品には添付文書という書面がついています。そこには使用上の注意や効能・効果、用法・用量、副作用、薬効・薬理、作用機序などが記載されているのですが、グルタチオンの作用機序は『何らかの役割を果たすとされている』という文言で終わっているんですよ。添付文章にそんな作用機序が記された薬は他になかなかありません」

毒島さんはにこやかに言って、

「もっとも作用機序がわからないけれど効果があるから使用されている医薬品は、まだ他にもありますけれど」

たとえば、と言って毒島さんはさらに話を続けた。その様子はいかにも楽しそうだった。きっと薬の話をするのが本当に好きなのだろう。

話を聞きながら——内容が専門的過ぎて、半分も理解できなかったが——影山はふいに爽太のことを思い出した。

彼が毒島さんに想いを寄せていることは知っていた。いまだに気持ちを打ち明けていないようだが、爽太が彼女に想いを寄せている理由が、なんとなくわかったような気になったのだ。

それがどんなことであっても、好きなことに熱中している人を見るのは、とても心地がよいものなのだ。

ふいに毒島さんが話をやめた。

千夏が横を向きながら欠伸《あくび》をしたことに気づいたようだ。

「すみません。どうでもいい話をベラベラと」慌てて千夏に謝った。

「いいんです。私こそ欠伸なんかしてごめんなさい。なんか疲れちゃって……」

エレベーターが停止してからすでに三十分以上が経っている。千夏が疲れるのも当然だった。影山だって疲れている。それは毒島さんだって同じだろう。会話が途切れると、重苦しい空気を感じた。待っているだけの時間はことさら長く感じられる。やはり話をしている方が気が紛れる。しかしこの三人にはまるで共通の話題がない。

考えた末にひとつの話題を思いついた。

「ところで毒島さんは、どうしてこのマンションに来たんですか」

千夏と影山はすでに説明している。話しづらいことなら撤回しようと思ったが、

「私も仕事ですよ。患者さんに薬を届けに来ました」と返事をしてくれた。

渡した薬に不備があったそうで、その交換に訪れたということだった。

「くわしいことは言えませんが、患者さんが外国の方で日本語があまり喋れないんです。昼にお子さんの薬を出したのですが、事務さんが力価の数値を間違えたようで、所定の量より薬品の成分が少ないシロップを出してしまって」

人間のすることにミスはつきものだ。だから防ぐために調剤薬局は二重三重のチェック体制を敷いている。医療事務員が入力を間違えても調剤、監査、投薬を担当した薬剤師が、それぞれ間違いがないかとチェックをする手はずになっている。

それで九割以上のミスは防げてはいるのだが、それでも監視の目をすり抜けることがある。それが今日起こってしまったということらしい。

「早く届けたいのはやまやまなのですが、でもこれでは仕方ないですね」

毒島さんは平静を装いながらも、やはり落ち着かないようだった。

「焦る気持ちもあって、ついベラベラと色々なことを喋ってしまいました。お二人には余計な話ばかりして申し訳ありません」

「余計な話なんてとんでもないですよ。勉強になりました。色々教えていただきありがとうございます」

影山が言うと、千夏もすぐに頷いた。

「私も助かりました。声をかけてくれてありがとうございます」

「とんでもないです。出しゃばったことばかりして、本当にすみません」

「でも薬の不正入手や転売、違法薬物のことにもくわしそうですが、薬剤師ってそういうことも普段から勉強しているわけですか」影山は訊いた。

「薬の勉強はしますが、違法行為や違法薬物についての知識は又聞きです。薬局関係者にそういうことにくわしい人がいて、その人から色々と教えてもらっているんです」

その時、スピーカーから声がした。

『大変申し訳ありません。遅くなりました』

影山は慌ててパネルに飛びついた。

『係員がそちらに着きました。すぐに復旧作業をはじめます。申し訳ございませんが、もう少しだけお待ちください』

「わかりました。よろしくお願いします」

『具合の悪い方、体調のすぐれない方はいらっしゃいませんか』

毒島さんも千夏も大丈夫というようにそろって頷いた。

「いません。大丈夫です」

会話を終えて振り向くと、毒島さんと千夏が手を取り合って喜んでいた。

やれやれ。これで一安心だ。

いや、待てよ。自分はまだ問題が残っていた。これを一体どうしよう。

影山は紙袋に入った届け物をじっと見た。

9

電車は遅れてはいたが動いていたので、ぎりぎり門限には間に合った。

大きな地震かと思ったが、エレベーターが停止したり、電車が止まった以外に大きな被害はないようだ。母親は睡眠導入剤を飲んで眠っていたらしく、地震があったことさえ知らなかった。千夏は何食わぬ顔で家に戻ると、食事を摂って、さっさと自室に閉じこもった。新宿のマンションに行くために学習塾をさぼったわけで、今日中にその分を取り返す必要があったのだ。

参考書を広げてみたが、エレベーターの中での毒島さんとのやり取りが自然と思い出されて、まったく集中できなかった。七〇五号室に行かなくて本当によかった、とあらためて思う。軽い気持ちでしたことが大変な事態に発展した可能性もあったのだ。止めてもらって本当によかった。でも毒島さんはどうして自分を気にしてくれたのだろうか。

気になって、エレベーターが復旧してエントランスに降りた後に訊いてみた。すると薬に関して不正や間違ったことがまかり通るのが許せないの、という答えがあった。

「私がこのマンションに来たのは、今日がはじめてではないの。さっき話をした外国人の患者さん以外にも、調剤薬局の患者さんがこのマンションには何人かいて、これまでにも何度か薬を届けに来たことがあったのよ」

調剤薬局の関係者に、薬物依存症患者の支援に関わっている人がいて、その関係でシングルマザーや外国人などで生活に困っている人が、薬の相談に来ることがあるそうだ。その関係もあって、過去に何度か薬を届けに来たことがあったという。

その時に、千夏くらいの子が出入りしているのを何度か見かけたが、このマンションに住んでいる風には見えなかった。また来るたびに顔ぶれも違っているのが気にかかっていた。

「それでくわしい人に訊いてみたら、ここは以前、薬物マンションと呼ばれていたことがわかったの」

「えー、知りませんでした」千夏は驚いた。

「何年も前のことだから、あなたが知らなくても仕方ないわ。繁華街が近いので、そういう人たちがいつの間にか集まっていたみたい。でも当時警察の捜査が入ったことで、関係していた人はほとんどが逮捕されるか、逃げ出した。その後に住んでいる人も入れ替わって、今では怪しげな人はいなくなったはずだった」

ところがほとぼりが冷めたこともあって、再び怪しげなことをはじめようとしている人が出没しているらしい。繁華街が近い、建物が古くて家賃が安い、管理人がいない等の理由で、そういう人間が集まりやすい場所らしいのだ。

「それでここに来るたびに気にしてはいたんだけど、私の方も勇気がなくて、なかなか声をかけるタイミングがつかめなかったのね」

しかし今日はエレベーターが止まるというアクシデントがあった。さらに千夏の方から妙な質問を毒島さんにした。

それで、これは間違いないと思って、話をしたということだった。

「薬に関する間違った知識が、若い人たちに広まることを常日頃から気にしていたという理由もあるわ。だから今日はあなたと話ができてよかった。これからは気になることがあったら、知らない相手であっても、もっと積極的に話しかけるように心がけることにするつもりよ」

そう語ってくれた毒島さんの言葉を思い出しながら、千夏はため息をついた。

勉強に集中しようとしても、黒縁の眼鏡をかけた毒島さんの顔が頭に浮かんで、別の思いが心を掻き乱す。長い髪を後ろで束ねて、白いステンカラーのコートを着た毒島さんの立ち姿はきりっとして、とても格好よく見えた。化粧は控え目で、ピアスなどの装身具もつけていなかったが、それが却って凛々《りり》しく見えたのだ。

薬の知識もすらすらと口をついて出てきたし、話し方もてきぱきして聞きやすかった。それでいて言葉遣いは丁寧で、威張ったり、偉ぶった態度を取ることもなかった。

いい人だったな。毒島さん。

私もあんな風になりたいな。

ふと浮かんだ思いつきに心を囚《とら》われて、千夏は傍らのスマートフォンに手を伸ばした。

薬剤師という職業について調べてみる。

すると医師や看護師と同じ国家資格で、試験を受けるには大学に入って六年制薬学過程を修めて卒業する必要があるとわかった。

うーん。難しそうだな。薬学部か。一番の問題は理系ということだ。受験には数学はもちろん、化学、生物、物理なども必要になるらしい。

私立の六年制大学だと学費も高額になるらしい。奨学金という方法もあるわけだけど、薬学部のある大学に行って薬剤師の資格を取りたいと言えば、おそらく両親は賛成してくれるだろうとも考えた。

子供の教育にはとにかく熱心な親なのだ。そんな目標を持っていることを伝えれば、きっと反対することはないはずだ。

目指してみようかな。薬剤師。

そこまで考えて、いや、違う、と千夏は慌てて頭をふった。

両親の目を気にして将来を決めるのではダメなのだ。自分の将来は自分で決めてこそ、意味があるものになるのだから。

勉強する時間はまだあるはずだ。数学、化学、生物、物理。どんな内容かはよくわからないが、時間をかけて真剣に取り組めば、きっと歯が立たないことはないだろう。

薬剤師を目指すなら、まず頑張るべきは年明けにはじまる受験だ。そこで第一志望に受かってこそ、胸を張って、将来は薬剤師になりたいと両親に宣言できるだろう。

よし。決めた。絶対に合格してみせる。

心に決めると千夏は苦手を克服するべく、開いたままの算数の参考書に目をやった。

10

「あの娘、小学生だったんですか！」

影山は思わず言った。受験があるというから、てっきり高校生か中学生だと思っていた。

「私も最初はそう思いました。でもそれにしては考え方や行動が幼いと思い、別れ際にそっと訊いてみたんです。そうしたらやはり小学六年生とのことでした」

そこはマンションから離れた通り沿いにある全国チェーンのカフェだった。

エレベーターが復旧してマンションを辞した後、毒島さんと話をするために入ったのだ。

帰る時間を気にしていた千夏はとうに帰途についている。

「でも小学生が薬の転売に手を出しますかね。SNSで知識を得たにしても、あまりに考えなしの行動に思えますけれど」

「それは由々しき問題だと思います。でもそこに不正行為に誘う側の問題もあるんです。色々な手口があるようですが、今回のように医薬品を扱った方法が特に悪質で、さらなる問題を含んでいると思っています」

毒島さんは特に悪質だと思える例を教えてくれた。

標的になるのは、千夏のような向精神薬や睡眠導入剤を日常的に使っている家族がいる子供だという。

その方法はこうだ。まず家族の目を盗んで処方箋をこっそりカラーコピーに取らせる。それを健康保険証と一緒に調剤薬局に持って行かせる。そこで手に入れた医薬品を転売所と呼ばれる場所に持ち込ませる。アカウントの主と転売所は繋がっているわけで、子供を転売者に仕立てることで、リスクなしで金儲けができるのだ。

「成功して味をしめた子供たちは、二度三度と同じことを繰り返すでしょう。でも長くは続きません。健康保険証を使うことで、不正行為が審査支払機関に気づかれるからです」

そうなれば、健康保険の被保険者である家族の元に連絡が行く。そして子供のやったことは露見する。一人当たりのあがりは少ないかもしれないが、ＳＮＳに書き込みを残しておくだけで、カモは次から次へと現れるのだ。

健康保険証は薬代が安くなるポイントカード的なものだと説明していたらしい。

「ひどいですね。子供たちの無知につけこんで、騙していたということですか」

特殊詐欺のグループに取り込まれる闇バイトと一緒だ。簡単に金儲けができると甘い言葉で誘われて、小銭を与えられた後で切り捨てられる。そこをうまく誤魔化せたとしても、不正行為をしたことを親や学校に言うぞと脅迫を受けて、簡単にはやめられないこともあるらしい。

「それにしてもあの千夏って娘はよかったですね。毒島さんのお陰で助かったわけですから、感謝してもしきれないことでしょうね」

「でも、それはあの娘が口を滑らせたことが原因でもあるんです。気にはなっていましたが、根拠もなかったですし、エレベーターが止まるというアクシデントがなかったら、そのまま行かせてしまったかもしれません。それについては私も反省しています。子供たちを犯罪から守るためにも、今後はもっと積極的に声をかけようと思います」

毒島さんは自分に言い聞かせるように頷いた。

やはり真面目な人なのだ。そして正義感も強そうだ。

影山はエレベーターが復旧した後のことを思い出した。

エレベーターを降りた後、話があるのでここで待っていてください、と毒島さんはまず影山に声をかけてきた。

次に千夏をエントランスの隅に連れて行き、手短に話をしてから家に帰した。その後であらためて影山に近づくと、

「あのグルタチオンですが、七〇五号室に持って行きますか」と訊いてきた。

「今も悩んでいます。犯罪者グループの手助けはしたくないですが、お金をもらって頼まれたことなので」

持って帰って、あの刺青の男にお金と一緒に返すことも考えた。しかし相手が納得するとも思えない。地震でエレベーターが止まったことを理由にできないかとも思ったが、うまい言い訳が思い浮かばなかった。

「私が代わりに持っていきましょうか」

「えっ、でもそれは」

影山は焦った。頼めるものなら頼みたいが、毒島さんがそんなことを言い出す理由がわからない。薬を届けるついでというわけではないだろう。

「さっき千夏さんから聞いた話が気になっているんです。アカウントの主は境界の薬剤師と名乗っていたということでした。この件に薬剤師免許を持っている人間が関わっているなら、非常に由々しきことだと思うんです」

そういえばそんなことを言っていた。

「でもアカウントなんて適当につけられますよ。信用を得るために勝手に薬剤師と名乗っているだけじゃないですか」

「その可能性もありますが、でも他にも薬剤師だと思う理由があるんです。残薬調整という言葉です。薬剤師が調剤薬局で行う業務にそれがあるんです」

患者が飲み忘れたり、飲み残したりして余った薬を確認して、医師に処方日数の調整を依頼する仕事を残薬調整というそうだ。

「一般にはなじみのない言葉かもしれませんが、家庭に眠る残薬は年間で数百億円にもなると言われて、国の医療費を圧迫する要因のひとつになっているんです」

国はそれを減らそうと躍起になり、患者の残薬調整を行うように薬剤師業界に働きかけているそうだ。

アカウントの主が本当に薬剤師だから、そんな言葉を使ったと毒島さんは考えているようだ。そして本当にそうなら放ってはおけない。自ら七〇五号室に行って、どんな人物なのか確かめたいと思っているということだった。

「いや、それはさすがに危ないんじゃないですか」

影山は止めたが、毒島さんは気にしなかった。

「影山さんの代わりに来たといえば大丈夫だと思います。地震の影響で足止めされて、それで私に頼んだということにすればどうでしょう」

「でも相手の顔を見て、それでどうしようっていうんですか」

「どうもしません。犯罪にからんだ薬剤師がいるなら、顔を見ておきたいと思っただけです」

もちろんこのことは知り合いを通じて、しかるべき筋に報告するつもりでいますけど、と毒島さんは言った。

うーん。本当にそれだけかな。子供を守るという意識が優先するあまり、相手に何かを言いそうな気もするけれど。いくら正義感があっても、そこまでのことをしたら、どんな危険にさらされるかわからない。

お願いしますとは言えなかった。

「やっぱり僕が行きます。頼まれたのは僕なので。どんな相手かは後で報告します。今回はそれでよしとしてくれませんか」

毒島さんにそう言って、影山がグルタチオンを持って七〇五号室に行った。

ブザーを押すと、金髪のロングヘアに丸いサングラスをかけた人物が顔を覗かせた。見た限りでは性別も年齢もわからない。

「誰？　薬を売りたい人？」声の感じは若そうだった。トーンが高くて女性っぽいが、そうとも限らないという気もした。

「荷物を預かってきました」

東中野から来たと言って、紙袋を差し出した。

「ああ、これね」中を覗いて頷いた。

「ありがとう。でも時間がかかったね」

「地震でエレベーターが止まって、閉じ込められていたんです」

「へえ、そうなんだ。それは災難だったね」

その人物は影山をじろりと見て、

「まあ、いいや。ありがとうね」と言ってドアをばたんと閉めた。

なんだか緊張感のない人物だった。裏社会に通じているとも思えない。

一階におりて、六階に薬を届けに行った毒島さんが戻って来るのを待った。そして、ここでは何なので、どこか別の場所で話をしましょうとマンションを出た。

カフェに向かう道すがら、金髪のロングヘアが特徴的だったが、サングラスをしていたので顔はわからなかったし、性別も年齢も不詳だったと説明した。

「そうですか。ありがとうございます」と毒島さんは言った。

「毒島さんは仕事に戻らなくていいのですか」

ロードレーサーを押しながら影山は質問した。

「エレベーターに閉じこめられたせいで、これから戻ってもすぐに退勤時間を迎えます。薬局に電話をしたら直帰していいということでした」

カフェは満席に近かったが、奥になんとか空席を見つけた。カウンターでコーヒーを買って席につく。

「ありがとうございます」

影山が七〇五号室に行ったことへのお礼を、まず毒島さんは口にした。

出てきた相手が裏社会の人間に見えなかったことを伝えると、「そうですか。でも人は見かけによらないですからね」と呟いた。

「とりあえずこのことは早急に伝えます。ああいう転売業者は摘発を恐れて、拠点を頻繁に変えるので、どこまで追えるのかはわかりませんが、できることはしようと思います」

「必要があるなら僕も協力します。刺青の男も、おそらく関係があると思うので」

「今回のことでは、そこまでのことにはならないとは思いますが、もしもの時はよろしくお願いします」

毒島さんはそう言ってから、

「ただし影山さんも注意してくださいね。今後同じような依頼があっても、二度と受けないようにしてください。それが原因でトラブルに巻き込まれたら大変です。本当に違法薬物を持たされた可能性もあるわけですし、そんなことがあったら将来にも影響がありますよ」と続けた。

手厳しい言葉だが、的を射ているだけに反論できない。

「今後はよく気をつけます」と返事をした。

緊張がゆるんだせいか、ふと自分のことを話したくなった。それで小説を書いていることや、最終選考に残って、来週選考会があることを話した。

「それはよかったですね。いい結果が出ることを祈っています」

影山が想像した以上に毒島さんは優しい言葉をかけてくれた。それでさらに気持ちがゆるんだ。それで原木くるみに交際を申し込んだことも打ち明けた。

「原木さんのことはご存知ですよね。毒島さんとは知り合いだと聞いていますけど」

念のために確認すると、

「はい。知ってます。裏表のない性格をした、明るい女性ですね」と返事があった。

「僕もそう思ったんです。二人で会っても楽しそうなので、それで自分に気があるかと思って告白したんですが」

しかし勘違いだったようで、いまだに返事をもらえていないことも口にした。

「おそらくノーということだろうと思って、それで投げやりな気持ちになっていたんですよ。それで選考会の日までフードデリバリーに集中しようと思ったわけです。でもその結果がこれですからね。明日からはちょっと控えようかなとも思います」

「そうだったんですか。それは残念ですね」

毒島さんはどこか困ったような顔をしているが、ここまで話をしたら、いまさら隠すこともないなと影山は考えた。

「原木さんは他に好きな人がいるのかな。毒島さんは何か聞いていたりします？」

「それは聞いてないですね」

「将来は海外で仕事がしたいって言っていたからそのせいもあるのかな」

何気なく呟くと、逆に毒島さんに質問された。

「影山さんは、原木さんのどこを好きになったんですか」

「そうですね」影山は少し考えた。

「他人との間に壁を作らず、誰とでもわけへだてなく話ができるところかな。裏表がなくて、明るくて、一緒にいるとすごく楽しい気持ちになれます」

「たしかに彼女はそうですね」毒島さんは頷いた。

「だけど誰とでもわけへだてなく接することで、誤解されたり、利用されたりすることもあるんですよ。そして一度そういう経験をすると、同じようなことがあるたびに嫌な記憶を思い出して、悩んだり、困ったりもします。原木さんがそうだとは言いませんが、こうとは決めつけないで、ゆっくりと答えを待つことも必要かとも思います」

どこか意味ありげな言い方だった。そのまま受け取れば、恋愛においてくるみは以前嫌な思いをしたことがあり、それが原因で新たな交際に慎重になっているということだろうか。

しかしそれを訊いても毒島さんは教えてくれなかった。

「あくまでも一般論です。彼女がどうこうという問題ではありません」

もしかしたらくるみから自分のことを聞いているのかもしれない。彼女が返事をしていない理由も知っているのだ。しかしそれを言うことはできないので、含みのある言葉でそれとなく誘導してくれている。自分に都合のいい解釈かもしれないが、すっぱりあきらめた方がいいと言われないのだから、まだ脈があるのかもしれないと考えた。


「わかりました。これまで通り友人として接して、返事を待つように努めます」

このままフェードアウトした方がいいかなと思っていたが、それはやめることにした。


「焦らずに長い目で見てあげてください」毒島さんはそう言って微笑んだ。

それを見て、あれと思った。以前会った時はもっと険しい顔つきをしていいように思うけれど。雰囲気が少し変わったかな。それで確かめたくなった。


「僕から訊いてもいいですか」

「何でしょう」

「毒島さんは現在交際している男性はいるんですか」

そんな質問をするほどに親しい間柄ではない。しかしこのタイミングなら答えてもらえそうな気がした。

「いないですよ」

思った通り答えてくれた。

「前に麻雀をしましたよね。その結果、水尾さんとデートをすることになったと思うんですが」

「ありましたね。そんなことが」毒島さんは懐かしそうな顔をした。

「それでデートはしたんですか」

「デートというほどではないですが、寄生虫博物館とアニメの原画展に行きました」

どういう組み合わせかと思ったが口にはしなかった。人にはそれぞれ好みがある。

「その後はどうです。水尾さんとはそれきりですか」

「それきりということはないですよ。一緒に食事には行きますし、この前は旅行にも行きました」

旅行と聞いて驚いたが、よくよく話を聞くと、毒島さんの同僚の薬剤師も同行したという。ということはお友達からの進展はないようだ。毒島さんの口調からは質問されるのを嫌がっているような気配を感じない。

「他に親しい男性はいないんですか」

「いませんね」

「それは仕事が忙しくて知り合う機会がないからですか。それとも結婚したいという願望があまりないとか」

嫌な顔をされたらすぐにやめようと思ったが、意外にも毒島さんは真面目な顔で答えてくれた。

「仕事が忙しいということはありますが、恋人がいないのはそれが原因ではないですね。一人でいるのが気楽だからだと思います。薬剤師の仕事には日々の勉強が必要なので、自分の時間を持つことが大切だと思っていますから」

「ということは仕事に理解がある男性――同じ薬剤師の男性がパートナーには理想的ということですか」

そうですね、と頷かれたら爽太には脈がないことになるなと思ったが、幸いにも毒島さんは首を横にふった。

「それはそうとも言い切れないことですね」

「そうなんですか。薬剤師同士なら仕事に理解があって、話も合いそうな気がしますけれど」

「実はですね」毒島さんは少し迷った顔をしてから、

「以前、薬剤師の男性とつきあったことがあるんです」と思い切ったように続けた。

「三年か四年前になりますが、当時勤めていた調剤薬局の薬局長を勤める三つ年上の男性でした」

仕事もできて、人望もあって、人柄のいい男性だったが、仕事とプライベートは分けたいという考えを持っていて、休みの日はドライブ、テーマパーク、バーベキューとあちこち連れまわされたそうだった。

「出かけることは楽しかったのですが、休みのたびとなると面倒だし、疲れるようにもなったんです。薬の勉強も疎《おろそ》かになるし、たまには家でゆっくりしたいという気持ちもあって、ある時にそれを言ったんです」

するると相手は不満気な態度を示した。そして一応は納得してくれたものの、次第に文句や嫌味を言うようになった。

「それで仲がぎくしゃくして、最後は喧嘩別れをしたんです。交際期間は数ヶ月でしたが、最後に相手から言われた言葉が、ずっと頭に残っていて」

――薬にしか興味がないなんて、本当につまらない女だな。

そんな捨て台詞を吐かれたそうだった。

それを聞いて影山は怒った。

「それはひどい。他人を見下して、自分のプライドを保とうとするなんて、その男こそつまらないヤツですよ。嫌な思いをしたようですが、それは別れて正解だったと思います。自分の価値観が絶対だと思っている男に碌《ろく》なヤツはいないです」

「ありがとうございます。私もそうは思おうとしているのですが、何かの折に思い出すと、なんとなく落ち込んでしまうんです。相手の言い分にも一理ある、自分は確かにつまらない人間なのかもしれないと思ってしまって」

毒島さんは遠い目をして、天井を見上げた。

「薬のこと以外にあまり興味がもてないんです。学生時代はそうでもなかったのですが、薬剤師の仕事をはじめて、その傾向が強くなった気がします。最初は、早く一人前になりたいという気持ちだったのですが、次第に純粋に薬の勉強をするのが面白くなってきて」

気がついたら仕事以外でも、薬の勉強にのめり込むようになっていたそうだ。

「大学卒業後はずっと一人暮らしをしているので、何か打ち込める対象がほしかったのだと思います。メンタルに不調をかこった時期もあったのですが、薬の勉強に打ち込むようになってからは、なんとかバランスが取れるようになりました。一人でいるのが気楽なので、あえて恋人がほしいと思わないのかもしれません」

毒島さんは淡々と自分のことを語った。

そういうことだったのか。でもそれなら爽太にもチャンスがありそうだ。

「薬のことを考えているのが楽しいなんて羨ましいですよ。きっと薬剤師が天職なんでしょうね」

褒めるつもりで言ったのだが、毒島さんはその言葉に首をかしげた。

「それも他人から言われることですが、私には天職という言葉の意味がわかりません。

仕事をしていれば嫌なことや失敗はいくらでもありますし、薬剤師に向いてないのでやめようと思ったことも何度もありました」

「薬剤師をやめようって、どんな時にそう思うんですか」

意外に思って影山は訊いた。

「患者さんに理解してもらえなかった時や、ドクターから理不尽なクレームをもらった時ですね。あと自分の失敗で患者さんに迷惑をかけた時は心の底から落ち込みます」

毒島さんは、昔あった事を話してくれた。患者さんに苗字をからかわれる、トレーシングレポートを書いてドクターに突き返される、服薬指導に熱中するあまり患者さんのプライベートに干渉して嫌がられる、見も知らない人がしている世間話に口を出して怒られる。

「最近では慣れてきたのか、患者さんに苗字をからかわれても、それなりに切り返せるようにはなりました。この前患者さんに頼まれて出したトレーシングレポートも、教えてくれてありがとうとドクターに感謝をされました。服薬指導の最中に余計なことを言ったり、喫茶店で隣に座った人が気になって声をかけたりする癖は相変わらずですが、今日のことを考えれば、悪いことばかりでもないようなので、状況を見たうえで、今後は臨機応変に声をかけていきたいと思います」

千夏と話をしていて、お節介と思われることを恐れてはいけないとあらためて思ったそうだった。

影山もそれには同意した。

「毒島さんはお節介なんかじゃないです。親切なだけだと思います。親切は万能のツールです。世界共通で初めて会った相手にも使えるので、遠慮しないでがんがん行っていいと思いますよ」

冗談めかして言うと、

「その考え方はいいですね」と毒島さんは目を輝かせた。

「調剤薬局も対人業務である以上、親切をスキルとして取り扱う必要はあるかもしれません。今後はそういったことを考えていくべきですね」

毒島さんの言葉にはさらに熱が入ってきた。次第に仕事を辞めたい話ではなく、理想の調剤薬局とはこうあるべきという話になってきた。

しかし、話しているうちに気づいたようで、

「すみません。エレベーターの中からつまらない話ばかりして」と焦った顔で口を押さえた。

「つまらなくなんかないですよ。面白いというと語弊があるかもしれませんが、すごく興味深い内容でした」

「こんな話、今まで誰にも言ったことはなかったのに、なんだか今日に限って喋りた

くなってしまって」

　毒島さんは本気で恐縮しているようだった。

「気にしないでください。今日一日で色々あって、その緊張が解けたせいですよ。それとあの千夏という娘と僕から、個人的な話を連続で聞いた影響があるのかもしれません」

　行動経済学でいうところの返報性の原理というやつです、と影山は言った。

「他人から何かしてもらったら、そのお返しをしたいという気持ちが湧くことです。街を歩いていて、他人とぶつかった時に、相手が素直に謝ってくれると自分も謝りたい気持ちになりますが、逆ににらまれたり、舌打ちをされるとやり返したい気持ちになりますよね。相手の反応に対して、同じように返したくなることを返報性の原理というんです」

　一緒にエレベーターに閉じ込められて、緊張時間を共有したことも影響しているかもしれないですね、そういう意味では吊《つ》り橋効果のバリエーションといえるかもしれません、とも言い足した。

「そんなことをよくご存知ですね」毒島さんは感心した顔をした。

「小説を書くには色々な知識が必要なので、本を読んで勉強しています。ただ、ほとんどは広くて浅い知識です。だから毒島さんのような方から専門的な深い話を聞くのはとても面白くて、ためになります」

利己的な聞き手ですみません、と影山は謝ってから、

「でもそういう意味では、純粋に薬のことに興味を持って話を聞いてくれる水尾さんのような人は貴重ではないですか」と言った。

爽太の名前をいきなり出すのは唐突かなと思ったが、毒島さんは驚くことはなかった。

「そうですね。一般の方なのに薬のことに興味を持っていただき、本当にありがたいと思っています。でもそれが本心なのか気になることもあります。本当はつまらないのに、我慢して聞いていてくれているのではないかと思うこともあるんです」

「話をしていて、水尾さんはつまらなそうな態度を出すのですか」

「そういうわけではないのですが、昔のことを思い出すとなんとなく気になって」

やはり元彼の捨て台詞を気にしているわけか。

「水尾さんは正直ですから、つまらないと思っている話を、熱心に聞くような素振りを見せることはないと思います。彼は毒島さんの話を聞くのが本当に好きなんだと思います。だからもっと色々な話をしてあげてください」

彼の本心を知っているわけではないが、そう言っても間違いではないだろうと影山は思った。そして話のついでにもうひとつ質問をした。

「それで毒島さんはどうなんですか。彼と話をしていて面白くないですか」

「そんなことはありません。熱心に聞いてくれてありがたいと思います。彼から仕事の話を聞くのも興味深いですし」

そこで顔をあげて、

「でも、どうして彼は薬のことにあれほど興味を持っているのでしょうね。ご本人はまだ若いですし、家族にそこまで薬が必要なわけでもないようですが」と独り言のように呟いた。

「それは僕にもわかりませんね。不思議に思うなら、直接訊いてみるのがいいんじゃないですか」

「でも面と向かって質問するのは失礼ではないですか」毒島さんは悩ましげな顔をする。

「じゃあ、僕が代わりに訊いてあげましょうか」

「そうですね」と言いかけて、毒島さんは首をふった。

「いえ、やっぱりいいです。機会を見つけて自分で訊きます」

機会か。いま彼は東京にいないわけだけど。

そうだ。いいことを思いついた。

「今度四人で食事でもしませんか。水尾さんが東京に戻ってきたら、ねぎらいの意味を込めて、お疲れ様会をするということで」

「四人というのは」

「原木さんを加えた四人です」

「なるほど。その時に色々と話ができればいいですね」

毒島さんは納得したように頷いて、

「お疲れ様会と、それとお祝いの会にもなればいいですね」

「お祝いの会って何ですか」

影山がきょとんとしていると、

「来週、選考会があるのでしょう。受賞すれば一緒にお祝いの会もしましょうよ」と
毒島さんは微笑んだ。

第六話

用法

肝油ドロップとオブラート

年　月　日

もしもし。ああ、兄貴、久しぶり。夜遅くに電話して悪かった。

うん。こっちは元気でやっている。体調を崩して、仕事は休んでいるけど、病院でもらった薬のお陰でなんとか無事に過ごしている。

俺も健康的な生活を送っている。することがなくて毎日退屈だ。酒もギャンブルもずっとやってない。そのせいで昔のことをよく思い出す。

それで兄貴に訊きたいことがあって、こんな時間に電話をかけたってわけなんだ。

いや。たいしたことじゃない。昔の思い出の確認だ。

兄貴は肝油《かんゆ》ドロップって覚えているかい。

そう。子供の頃に食べたお菓子だよ。

通っていた幼稚園で毎朝一粒食べさせられた。

五十年以上も前のことなのに、噛んだ時のぐにゃりとした食感や、口の中に広がる甘みは今でも鮮明に覚えている。母さんが厳しくて、甘いお菓子を簡単に食べさせてもらえなかったせいかもしれないな。

肝油というのは魚の肝臓から抽出した脂肪分らしい。栄養が豊富だから、当時はあちこちの幼稚園や小学校で子供に与えられていたって話だな。

そういう意味では、お菓子ではなく栄養食品になるのかな。

だから家にも肝油ドロップの入った大きな缶があって、幼稚園が休みの日には、そこから一粒もらって食べていた。

俺が訊きたいのは、それに関連することなんだ。

母さんの留守中、肝油ドロップを盗み食いして、それが後からバレて、怒られたことがあったのを覚えているか。


親戚が入院したとかで、母さんが外出して、二人で留守番した時の話だよ。

あれは夏休みだったのかな。俺たちは探検ごっこと称して家中を引っ掻きまわした。

その最中、肝油ドロップをしまってある戸棚に鍵《かぎ》がかかっていないことに気がついたんだ。母さんが慌てて出かけたせいでかけ忘れたんだろうな。それが俺たちの悪戯《いたずら》心《ごころ》を搔き立てた。肝油ドロップの大きな缶には五百粒入りと書いてあった。蓋をあけると中身はたくさん残っていたから、少しくらい減ってもわからないと思ったんだ。

しかし問題があった。

『肝油ドロップをたくさん食べると口のまわりが赤くなるよ。勝手に食べたらすぐにわかるからね』

俺たちは母さんにそう言われていたんだよ。

ああ、もちろんそんなことはない。あれは、俺たちが肝油ドロップを盗み食いしないようにと母さんが考えた嘘だった。

今となれば母さんが嘘をついた理由も理解できるよ。肝油ドロップにはビタミンA

とビタミンDが含まれているそうで、摂った分だけ体に蓄えられていくらしいんだ。だから食べすぎると下痢や腹痛、嘔吐などを起こすことがある。それを避けるために母さんは嘘をついて、戸棚に鍵をかけていたわけだ。そんな事情があったので、肝油ドロップを盗み食いするためにはどうすればいいかを俺たちは考えた。

といっても子供の考えることだから内容も高が知れている。

肝油ドロップを直接口の中に入れなければいいんじゃないか、それならオブラートを巻いて食べればいい、ということに話がまとまった。

そういう飴《あめ》が他にあったんだ。ボンタンアメや寒天ゼリーだ。薄いオブラートが巻いてあって、そのまま口に入れて食べるようになっていた。俺たちはそれを思い出して、オブラートに包んで食べれば大丈夫だろうと考えたというわけだ。

そう。あれは失敗だった。

俺たちは幼稚園児だったから、ボンタンアメや寒天ゼリーに巻いてあるのは食品用のオブラートで、薬用のオブラートと違うものだということを知らなかったんだ。

家にあったのは粉薬を飲む時に使う丸いオブラートだった。

肝油ドロップを包んで食べようとしても、口の中に貼りついたり、ガサガサして咽《の》喉《ど》につかえそうになる。

だから二人とも十個以上肝油ドロップを食べたのにまるで食べた気がしなかった。

まあ、子供の頃の盗み食いなんて、得てしてそんなものだろうけど。

それでも俺たちは二人だけの秘密をもったことに満足して、母さんにバレないように元あった場所に肝油ドロップの缶とオブラートの箱をしまった。

『母さんに訊かれても、盗み食いなんかしてないと言い張るんだぞ』と兄貴に言われて、『わかった』と俺は頷いた。

ああ、そうだよ。

すぐには母さんも気づかなかった。

だけど数ヶ月して、何故《なぜ》かそれがバレたんだ。俺たちは一人ずつ母さんの部屋に呼ばれて怒られた。しばらくの間、肝油ドロップはもちろん他のお菓子を食べることも禁止されたよな。まさに踏んだり蹴ったりの結果になったわけだが、俺が兄貴に訊きたいのはそこなんだ。

どうして盗み食いがバレたんだろう？

肝油ドロップは缶の中にまだたくさんあった。母さんだっていちいち数を数えていたわけじゃない。食べた後は元あった場所にきちんと戻したし、オブラートも同様だ。その後に俺たちが腹痛や下痢を起こしたわけでもない。

それでも母さんは気がついた。しかもすぐではなくて数ヶ月後に。

別々に母さんに呼ばれて、みっちり叱られたよな。

その時に、『どうしてわかったの』と俺は母さんに訊いたんだ。

母さんは『そんなの見ればわかるよ』とだけ言った。

その時は、母さんはすごい、隠し事をしてもすぐにわかるんだって単純に驚いたけど、後になってみると、どうしてわかったのか不思議な気がしてさ。

母さんが気づいたのには理由があるはずだ。

それを確かめたいけど、母さんはもうこの世にいない。それで兄貴に訊いてみようと思って電話をしたというわけだ。

あらためて訊くけど、兄貴は答えを知っているのかい。

そうか。やっぱり知っていたんだな。ならば理由を教えてくれよ。どうして母さんは気づいたんだ？

えっ？　どういうことだよ。話の中に答えがあるって。まるで意味がわからない。

自慢じゃないが俺は頭が悪いんだ。もったいぶらずに教えてくれよ。

ダメなら、せめてヒントをくれよ。

オブラート？　それがヒントか。

やっぱりな。

いや、こっちの話だ。

ちなみにだけど、俺は昔からオブラートが嫌いだったんだ。粉薬を飲む時にオブラートで包んで、そのまま飲み込むのが苦手だった。ガサガサして食感が悪いし、口の中で溶けて薬が出てきそうで、慌てて水を飲まないといけないのも嫌だった。だから肝油ドロップをオブラートで包んで食べるという兄貴の案に、本当は反対したかった。

まあ、今さら言っても仕方ないけどな。

そうだ。もうひとつ訊きたいことがあった。

兄貴はオブラートの正しい使い方を知っているかい。

あれは直接口に入れて飲み込むものじゃない。

水が入ったコップを用意して、薬を包んだオブラートをその中に入れるんだ。

するとオブラートはコップの水の中でゼリー状になる。

それスプーンですくい上げて、口に入れるとスルッと飲み込めるってことらしい。

嘘じゃないよ。それが正しい使い方なんだって。

知り合いの薬剤師に聞いたんだから間違いないよ。

職場の後輩に、薬剤師の女性に片想いしている若い男がいてさ。

その関係で何度か一緒に酒を飲んだことがある。そこで聞いた話だから間違いない。

オブラートは本来そうして使うものなんだ。

また話が脱線したな。肝油ドロップの盗み食いがどうしてバレたかって話だった。

もういいだろう。答えを教えてくれよ。

ふーん。なるほどな。

俺たちは肝油ドロップの缶については気を遣ったけど、オブラートについては意識しなかった。肝油ドロップ一粒につき一枚のオブラートを使えば、最低でも二十枚のオブラートがなくなることになる。オブラートなんて滅多に使うことがないのに、それだけ数が減っていれば母さんは当然子供たちが悪戯したと思うだろう。

やっぱりなあ。

実は俺も気づいていたんだよ。といっても自分で気づいたわけじゃない。

そうじゃないかって推理した人がいるんだよ。さっき話をした薬剤師の女性だ。

毒島さんっていうんだけど、酒の席で、どうしてバレたかわからないと言ったら、それはこうじゃないですかと推理をしたんだよ。

俺たちが肝油ドロップを盗み食いしたのは夏休みだった。

きちんと片付けたせいで、母さんはすぐには気づかなかった。しかし寒い時季になって薬箱を整理すると、滅多に使わないオブラートが少なくなっている。その時点では母さんも肝油ドロップと関連づけてはいなかったはずだ。もしかして黙って粉薬を飲んだのかと思い、まずは年長者である兄貴を問いただしたということだろう。

しかし兄貴はそこで慌てた。盗み食いから数ヶ月が経っている。すっかり忘れていた時に問い詰められて、おそらくしどろもどろになったんだろう。

その様子を見て怪しく思った母さんは、厳しく兄貴を追及した。それで兄貴は誤魔化しきれずに、本当のことを言ってしまったということか。

真実を知った母さんは烈火のごとく怒っただろうな。

兄貴はひたすら謝りながら、自分が喋ったことは俺に言わないでくれと頼み込んだ。

自分から言い出した約束を自分が破ったら俺に合わせる顔がないと思ったせいだ。

必死になって謝る兄貴を見て、母さんもそこは譲歩した。

兄貴が白状したことは俺に言わず、それで俺だけ蚊帳《かや》の外に置かれた状況ができたというわけだ。

それが正解かい。

やっぱり毒島さんはすごいな。

母さんが肝油ドロップの缶を鍵のかかった戸棚にしまって、盗み食いしないようにと嘘までついていたという話から、子供の健康管理に熱心で厳しい性格だろうと考えて、そういう推理をしたんだから。

いや。怒ってなんかないさ。

子供の頃の話だし、母さんが本気で怒ったらどれだけ恐いかは俺だって知っている。

俺が兄貴の立場でもきっと同じことをしたはずだ。

長年の謎が解けてすっきりしたよ。そんな思い出があったお陰で、オブラートの正しい使い方もわかったわけだし、今後の参考にさせてもらうさ。

おいおい、何を言っているんだ。

オブラートを使うのは子供だけじゃないぞ。

歳をとれば咽喉の筋肉が衰えて、飲み込む力が弱くなってくる。

高齢者こそ、オブラートの正しい使い方を知っておくべきなんだ。

俺たちは二人きりの兄弟で、それぞれが独り者だろう。

このまま歳をとれば、お互いの介護をするようになるかもしれない。

その時のためにも、オブラートの正しい使い方を覚えておいて損はないって話だよ。

そういえば肝油ドロップは今でも売っているんだぜ。

ネット検索をしたらオンラインでも売っていた。懐かしくて、買ってみようと思っているんだけど、兄貴もいるかい？

わかった。じゃあ、買っておくよ。

次に会った時に、子供時代の思い出話をしながら一緒に食べようか。

もちろんオブラートなしで、年齢に応じた適量をさ。

第一話　書き下ろし
第二話　初出『3分で読める！　眠れない夜に読む心ほぐれる物語』（宝島社文庫）
第三話　書き下ろし
第四話　初出『3分で読める！　誰にも言えない◯◯の物語』（宝島社文庫）
第五話　書き下ろし
第六話　初出『3分で読める！　ティータイムに読むおやつの物語』（宝島社文庫）

収録作品はフィクションです。作中に同一の名称があった場合でも、
実在する人物・団体等とは一切関係ありません。

宝島社
文庫

薬なければ病なし
薬剤師・毒島花織の名推理

(くすりなければやまいなし　やくざいし・ぶすじまかおりのめいすいり)

2024年7月17日　第1刷発行

著　者　塔山 郁
発行人　関川 誠
発行所　株式会社 宝島社
〒102-8388　東京都千代田区一番町25番地
電話：営業 03(3234)4621／編集 03(3239)0599
https://tkj.jp

印刷・製本　中央精版印刷株式会社

ISBN 978-4-299-05670-2